跟着本书游天下
GenZheBenShuYouTian Xia

库姆塔格的沙

郁 笛 ◎ 著

来呀，跟我一起出发吧！

吉林人民出版社

图书在版编目(CIP)数据

库姆塔格的沙 / 郁笛著. — 长春:吉林人民出版社,2013.12
(跟着本书游天下)
ISBN 978-7-206-10174-8

Ⅰ.①库… Ⅱ.①郁… Ⅲ.①散文集—中国—当代
Ⅳ.①I267

中国版本图书馆CIP数据核字(2013)第301024号

库姆塔格的沙

著　　者:郁　笛　　　　封面设计:三合设计公社
责任编辑:陆　雨　王　丹
吉林人民出版社出版 发行 长春市人民大街7548号 邮政编码:130022
印　　刷:北京威远印刷有限公司
开　　本:710mm×1000mm　1/16
印　　张:10　　　　　　　　字　数:180千字
标准书号:ISBN 978-7-206-10174-8
版　　次:2014年4月第1版　　印　次:2014年4月第1次印刷
印　　数:1-5 000册　　　　　定　价:26.80元

如发现印装质量问题,影响阅读,请与印刷厂联系调换。

库姆塔格的沙 Contents 目录

沙 雨 …………………………………… 001
院子里的羊 …………………………… 004
阜 康 …………………………………… 007
榆树沟 ………………………………… 009
山坡上的羊群 ………………………… 011
库姆塔格的沙 ………………………… 013
罗布麻的荒野 ………………………… 015
孤单的芦苇 …………………………… 019
草 色 …………………………………… 023

哈日图热格 …………………………… 026
悬崖上的桦树 ………………………… 029
树叶上的尘土 ………………………… 033
乔格达依之桑 ………………………… 037
巴拉曼的黄昏 ………………………… 040
麻扎塔格，涉沙而过的河流 ………… 043
吐尔逊的庄园 ………………………… 046
寻杏石城子 …………………………… 049

微小的蜻蜓 …………………………… 052
吾守尔的果园和他的午宴 …………… 055
荒原牛栏 ……………………………… 057
深夜，开往哈密的火车 ……………… 060
山顶上的云朵 ………………………… 063
困倦的羊群 …………………………… 067
沿着一条河流的方向 ………………… 070
天边牧场 ……………………………… 074

目 录 | 001

偶遇野马……………………………… 077
小镇恰库尔图的前世今生…………… 080
夜宿北屯……………………………… 083
布尔津河的火焰……………………… 086
老房子里的旧时光…………………… 089
午后的陶……………………………… 092
热斯坦街上的敲打声………………… 095
老街黑茶……………………………… 098
库车的味道…………………………… 102

头河源记……………………………… 106
骆驼桥子往事………………………… 110
小渠子的雪…………………………… 113
团结大队……………………………… 117
昭苏夜行记…………………………… 121
高坡上的油菜花……………………… 124
草上夕光……………………………… 127
荒芜的秋风…………………………… 130

瘠薄的寒意…………………………… 133
宿客未眠过夜半……………………… 136
大雪围城……………………………… 139
旧瓦上的霜迹………………………… 143
他乡若梦处…………………………… 146
一树麻雀……………………………… 149
后　记………………………………… 152

沙 雨

夜宿"塔里木宾馆",其实就是农场里常见的那种两层小楼。农场里来的大人物不多,有时来了,也不一定在这里住,偶尔午间休息一下的情况应该是有的,所以这"塔里木宾馆"的档次,在沙漠深处算不上高档,也不算太落伍吧。大多数情况下,都是安排下面的连队来场部开会或者办事的人,回不去了,在这里住上一宿。岁末年初的时候,农场里搞个学习班,集中培训什么的,也会把学员们安排在这里食宿,所以这"塔里木宾馆",在农场人的心目中,还是蛮温馨的。

我住在一楼,晚上进来的时候,夜已深了,加上长途劳顿,那梦中的云游,也是香甜的。睁开眼睛的时候,窗外已是大明。我恍惚着,还不愿意从这场陌生的睡眠中彻底醒来。犹豫中,感觉唇齿间有异物充塞,摸了一把脸,一层细细的沙粒。睫毛间,鼻孔里,满是细致的沙。我慌忙起身,看见一扇窗户是开着的,隔着一层陈旧的纱窗,有一道沙子的斜坡横亘在窗台上。我无法想象这些细小的沙子,耗费了整整一个夜晚,从怎样的黑暗中,越过了我的梦境,铺满了这个陌生的房间。它们借助了一场风,还是一场雨的力量,抑或是一场时光的漂移?

是下过了一场雨的。我分明感觉到了这个清晨雨水的气息——清新、爽朗,还有一种豁然开朗的明亮。而那些和沙子一同到来的雨水呢?它们结伴而来,乘兴而归,却把这些干净的沙,留在了我房间里,我的脸上,胳膊上,嘴巴里,眼睛里了。无处不在的沙,耗尽了一场多么微小的雨水,她们一定是赶在黎明到来之前,悄无声息地离开了。而整个沙漠的干渴呢,也一同经历了整个夜晚的逃离吗?

其实,我不用推开窗子,抬眼就可以望见隔不了几步远的沙田里,有几

棵垂头耷脑的柳树,在太阳底下蔫不拉唧地站在那里,似乎已经很久了,这些沙漠中的树,弯腰垂背,呈现在阔大的沙漠背景里,孤单而悲怆。

　　远处,是一溜平房的家属区,错落着的,挤挤挨挨,这时我一下子就窥见了人间的生活。长驱直入地进入到大漠腹地,过于遥远的荒漠和空旷,有时会在人的心底里,种下一些悲观和绝望。我目不转睛地盯视着错落在远处的"居民区",看到一个骑着自行车的年轻女孩,穿着一件白色的裙子,长发飘飘地从那"居民区"的一条巷子里出来,迎着沙漠里硕大的朝阳,渐行渐远,慢慢地变小了,小到她身后铺天盖地的霞光里,只剩下了一个圆点。

　　早饭的时候,在餐厅里见大家议论着昨天夜里的雨,农场的小杨科长说,塔里木的人已经习惯了这些若有若无的雨水和沙粒,狂风大作的时候,你们称之为"沙尘暴",实际上,这种昏天黑地的日子,我们这里从来都不觉得稀罕。

　　我知道,在这里我还有一个上午的时间。便叫上车子,往沙漠深处,漫无目的地走。出了场部的水泥路面不远，接下来，便是松软干爽的沙子路了。初始，路两旁是有树的，杨树、柳树还有榆树，不能说有遮天的浓荫，但树荫下的凉爽是躲避不了的，越往深处走，树影稀疏，渐至断绝。荒漠上也没有了路。望着远处影影绰绰的一小片绿洲，我和司机老李，都怀有莫名的好奇心，觉得这么远地来了，不能枉费了时光的馈赠。老李脚踩着油门，小心地在沙丘上寻找着一些往昔的车辙或者牲畜的蹄印，我们早已经忘记了车窗外面的酷烈和艳阳。

沙漠是柔软的，一如她宽阔的心肠。我们到达的是一个行将废弃的"连队"旧址，这些建于几十年前的房子，大多数处于即将坍塌的状态。但是，在这里我看见了曾经的幼儿园外墙上"幸福的童年"，尽管颜色斑驳了，那些散发着童心和温暖的画面，那些浸泡在旧时光里的幸福，依然让我在这荒原的沙漠深处感动着。"连部"的院子里，停放着几台用于农耕和收割的机车，它们东倒西歪的样子，像极了人生的暮年，一些衰败和被弃置的迹象，漫不经心地生长在墙土和柴堆的茅草上了。而沙土溅起的尘烟，久久不肯散去。

我没有希望可以看到一个活在其间的人。但我分明看见了两个围着头巾的女人，肩扛着一把镢头还是我们新疆人常说的"坎土曼"，他们从一座堆满了树枝和柴草的院子里出来，轻声地议论着什么，看见我们的车子，就像看见这沙漠里的半截子土墙一样，没有半点儿反应。她们头也不回地从我们身边经过，踩踏着没了脚脖子的沙子，其中一个女人的手上，似乎还拎着一个塑料桶。她们用厚厚的头巾把自己的头和脸包裹得严严实实，露出一双深不可测的眼睛。

我心里面起了疑惑，这个废弃的"连队"旧址上，还有人，还有生活其间的人！我想象到了他们远处的棉花大田里的葵花。这些蛰居在沙漠深处的人家，需要跋涉多远的路，才能有一次走出沙漠的机会。或许，这里只是他们的一个生活和劳动的点，过了农忙的季节，他们又会回到场部或者连队新的居住小区里去。

而当初的"连队"呢，早已经在岁月的浩繁中四散而去了吗？曾经的热闹，学校、幼儿园，说明人们曾经视这里为自己永久的家园。可是荒漠还是逼走了他们，在时间的这一场比赛之中，人类的退却，只是迟早的事情。

我无法抚平这些流浪在大地上的沙，这些铺天盖地的，无法被自己和命运带走的沙。太持久的荒凉，成就了太过浩大的苍茫，就像我们渴望已久的一场雨，她从没有来过，还是她已来过，又走了，我们早已经习以为常。

院子里的羊

  早春的南疆,阳光混合着尘土,在一些晴朗里,广阔而无垠。像极了一些传说,似乎永远地陈旧着,遥远着,隔膜着,也干燥着,还有这样的年份里,忽远忽近的凉爽。

  院子里遍布着干草和羊粪的味道。两只鸡,是因为打架了,还是因为爱情的缘故,而相互追逐着,扑棱着翅膀一前一后地飞上了草垛。那是一棵枣树还是梨树上堆着的柴草,便先后迎来了两次小规模的旋风。

  一南一北,两根木桩上,拴着两头少年的牛犊。牛犊敦实,也显得憨厚,是那种愣头圆脑的牛犊子,有一搭没一搭地抬起头来,看着院子里走来走去的陌生人,说不上喜欢还是讨厌,似乎和自己的处境毫无关联。

  羊群里似乎又一阵低声的议论,或者争吵。羊们推搡了一阵子,没有什

么结果，也便各自低头吃草去了。

我注意到的是另一只羊，和它毗邻着的，一只鸡，一只金鸡独立的鸡，在闭目养神。

羊，是一只老羊了吗？它的四条腿上，肚皮上，早在冬天之前，或者更早的一些时候，已经被彻底地剪过了吧。不然，它的背上，那长长的，被污染了的，泛起了黄色的白色羊毛，活脱脱像极了一袭冬天的披风，又像是剃了阴阳头的二和尚……

有一点怪，有一点酷，有一点耍宝和二百五呢！这一只披着披风的羊，向着门口的方向，对着一群兴奋不已的到访者，茫然中一语不发。

而鸡呢？我可爱的枣红色大公鸡，你用一条腿，定定地立在那只披着披风的羊跟前，雕塑一般地凝固着，让人一下子喘不过气来。你只用了一条腿，那样美丽地站立着，孤立在春天的小院里。你没有声音，也不曾转动一下木呆中的眼神，你的那一条腿，深深地收缩在胸脯里，隔着厚厚的鸡毛，我以为是自己，终于发现了一条腿的鸡呢！你那样卓然，完全不是为了作秀，不是即兴的表演。你没有一点要配合那一只耍宝披风的羊，你的神态安静，远比那只东张西望的羊，要淡定得多呀。

一只鸡什么时候学会了金鸡独立，一只披着披风的羊，什么时候，也忘记了披风，在春天里的一次张望。

而加依村的春天，还需要慢慢展开。

阜 康

  忘记了是哪一年,春天。应了杭州归来的林之约,往天池小住。先住下来的,竟是阜康,小城车站边上的交通旅社。蓝色玻璃幕墙的现代化气派,终抵不过阔土蓝天的高远,自惭形秽了些,高头马面的场面见得多了,故作出来的虚弱,便看上去有些寒酸。好在林是一个云游四方的侠客,只是看在眼里,并不往心里去。也有可能,人家早已习以为常。

  天色尚早。下得楼来,站在挤作一团的车站边上,看一众人影,熙熙攘攘着,倏忽间,鸟一般散去,心里面小小的悲哀,便又回复了平静。往来车水稀,何曾见马龙。遂推开了马路对面的酒肆。二楼,临窗而坐。四只小菜,二两薄酒。林不喝酒,但兴浓。话题扯得远了,不觉酒尽,又来一瓶二两装的北京"小二"。浑然间,酒色晕染,红霞飞上了脸颊,滔滔乎,不绝于耳,全然我一人独酌。那晚,我踉跄下楼,脚步东倒西斜,说了哪一些天边的大话,忘得一干二净了。

  第二天醒来的时候,已近中午。醉酒后的胡言乱语,一点也没有搅扰了林一夜的好梦,早已洗漱停当的林,只是笑而不语。我知道昨天晚上的大话江湖,全都是一些推心置腹的"豪言壮语",只是酒多了,话全都让给了自己一个人说。想那夜半无眠,拥被而谈,一边是酒,一边是水,找不到了尘世的边界。

  推窗望一眼窗外,风和日丽,上天池的事,就搁在一边去了。我们决定在小城住下,哪里也不去了。

  后来有人问我,阜康城在哪?我一时语塞,蜗居乌鲁木齐三十年,不知道在她的边上,有一座安然酣睡的小城。后来一查,这"物阜民康"的县名,竟是乾隆所赐。清一代的西域，漠漠疆土，边患不绝，而阜康小城，何其幸也。

接下来，住在阜康的这几天，我们就像两个"逃犯"，沿小城曲折的小道，一次次潜出城区。我们沿着一条通往乡村的小路，漫无目的地往前走，尘土飞扬的乡村小道上，忽有一条院子里窜出来的狗，若有其势地向我们扑来。我连忙蹲下，捡起地上的石头或者半截砖头，不顾一切地扔过去，希望砸到那一只狗头，却屡屡失手。狗没有被吓跑，它更加凶悍的叫声，唤来了更多的帮凶，把半截庄子的狗都叫了出来。林不知从哪里找来一根树枝，充当近敌武器，在另一侧挥舞着，一次次逼退了群狗的围攻，一时小路上狗烟四起，搅作一团。

而我，只顾了慌乱，竟只是赤手空拳，不知道什么时候，竟然远远地躲在了林的身后，做了一场人狗大战的看客。群狗退去的时候，我扑闪着一双手，

声音有些嘶哑地向林表示了英雄般地敬意。林不屑，顺手扔下了那一根曾经扫起过一地尘烟的树枝子，拍了拍手说，还没有遇见过这么凶的狗。

我们结伴去往乡下的心情，被一群混杂在城乡之间的狗给搅乱了。心有余悸，回来的时候，我们选择了一条大道，远远地避开了那一条小路和那一座有些空旷的院子。整整一天，我们谁都没有再提起这一场人狗之间的遭遇战。甚至，我以为，我们已经彻底地忘记了这一场虚惊。

有时，我们沿着一条隧道，慢慢地，进入到阜康城外的一条山谷里去，远远地望见一群羊，就着春日的阳光，被晾晒在一面低缓的山坡上。山不动，云不走，一群无人放牧的羊，若隐若现。

我和林约了，经年有期，再来小城阜康，到她的山谷里，放牧一回她天空里的白云和羊群。

榆树沟

从城里出来,穿过一条隧洞,就算是进入到山里来了。天山巨大的皱褶,在春天里一觉醒来,远远地看过去,沟沟坎坎上都湿气腾腾的,不知道是刚刚融化了雪水,还是日前下过了一场春雨的缘故。日子是暖的,脚下便不免松软,我回头望了一眼洞口,歪歪斜斜着几个大字——榆树沟隧洞。

榆树沟,乃阜康境内,无数条无名的千沟万壑中的一条吧。在新疆,在天山巨大的身影摇曳下的沟岔子里,我不知道还有多少叫榆树沟的地方。我们来这里,是要参加一场关于春天的聚会。大多数人,一进到山里,就撒开了脚丫子,欢欢实实地疯去了。另一些人,正忙于烤肉和抓饭的事,对于刚刚醒来的山沟里的春天,一时还无暇顾及。有人往山上爬,折了树枝的,大呼小叫,和着沟底里的回声,声嘶力竭地吆喝着,不一阵子,人影便微缩了,成了几个影影绰绰的黑点,声音稀薄得可以忽略不计。

我没有勇气爬得那么远,渐渐地,我脱离了这一支欢呼雀跃的队伍。我捡起了一条不知谁扔在沟边的一截木棍,摇摇晃晃地往里走,身旁稀稀落落的几个老者,倒也满怀着欣喜。都说山里风大,但此刻却不觉得,走不了多远,便把多余的外衣脱了,挎在手上,或者搭在肩头,有人索性系在腰上,走起来忽闪忽闪地,虽无英武之气,却不乏英武之风。

这样的行走,定会是气喘吁吁的。有人坐下来,望一会儿天空,隔着一道山梁,日头暖暖地照下来,人便有些不好意思了。复又起身,追上前面的脚步,感叹岁月不饶人,经不起熬的大半截人生,眼瞅着,就没有了。

沿途,草叶返青了,总又觉得恓惶。莽苍苍一片灰黄色的山野,几片拱破了地皮的青叶,一眼望过去,全都被去年的草色淹没了。越是往沟里走,地势越开阔了,沟谷的平地上,隐约着一片灼灼的粉红色呢。有人抬起头来

惊呼,桃花,多么大的一片桃花!

众人欢呼着,奔着桃花而去。我愣怔着,站在那里,感觉那一片雾气笼罩着的桃花,好虚幻呀,定定地看了好一会儿,桃花山野里,真的比一场春天的梦,来得还要真实吗?

桃花是怎么出现的呢?这一弯扭曲、矮小,似乎从未直起过腰来的桃树林子,在一弯山坳里,静静地存活了多少年?往里走,桃树林里,真的是好空阔,远远的一树桃花,张望着更远处的另一树桃花,好像是一场热烈的恋爱。

其实,顺着桃花的方向,往上看,弯弯曲曲,好长的一截山谷里,都被这个季节的桃花给蜿蜒着。浩浩荡荡,桃花绚丽的色彩,惹恼了整条山谷。

我犹疑,有过一丝幻觉。这荒寂寥落的榆树沟里,竟会深深地珍藏着如此热烈的桃花。我扳过一枝桃花,在鼻头上嗅嗅,并不觉得袭人,也许这山野里的花香,早已经在山谷里飘散了吧。

我忙呼了众人,无人应声。四下里瞅瞅,一个人影也没有了,不知道刚才还大呼小叫的一众人等,此时正隐身何处。

正所谓,榆树沟里遇桃花,一片人声寻不见;春日惹得迷幻阵,他年恍作旧时闲。

山坡上的羊群

远远地，我看见那些旷远的白点，像这个春天里没有融化的雪，在远处的山坡上，有一团苍灰色的山岚，若隐若现。我就站在这里，翘首眺望，远远近近的山梁上，沟壑纵横，我竟然找不到一片春天的草场。

我的脚下，潮湿的黄土，正在春阳的照射下，散发出黏稠的山野气息。沿阜康城东这一片低矮而缓慢的山梁，不知不觉中，我和林，就是在漫无目的的"散步"中，越过了一些返青的麦田。那些掩映在"平坡"和"洼地"上的麦苗，曾经被我们误认为是一些山民的韭菜。后来觉得不对，才幡然醒悟，这荒寂的山梁上，哪有这么多无人收割的"韭菜"？

我们坐在一条向阳的土坡上，等待着阳光的检阅。而春天似乎才是这片旷野的主人，除了一阵阵掠过脊背的风，这山野里，空无一物。目光所及之处，这一片晕染着的白色"残雪"，就是这样闯入了我的视野的。我没有大呼小叫，只是定定地注视着这些远处的"游移之物"。有那么一个时刻，我的眼睛里充满了惊恐，我怀疑，那是一片渐渐清晰起来的墓地。想一想，在这样的荒山野岭间，突然到来的一片山间墓地，该是一件多么诡异的事情！

而很快，快得几乎让我喘不过气来，我在一瞬间就看见了这些羊。这些散乱的羊，胜过了积雪和白云，也胜过了关于墓地的幻觉和假想。我的欣喜是不言而喻的。而几乎就在同时，林和我一同发现了远处山梁上的羊群。

有生命的荒野，才是令人信赖的。我们难以掩饰对一群羊的兴奋，甚至，我们都有过要翻过眼前的几道山梁，去和羊群汇合的冲动。但有限的野外经验告诉我们，这是一个无法实现的愿望。

剩下来的时间里，我们把几乎所有的精力，都集中在对一群羊的猜想和议论之中了。我们已经没有了别的事情可做。而散落在远处山梁上的羊群，

似乎也看见了我们，或者感受到了两个野游人的热切张望。羊群，在慢慢地飘过来。

我们起身做了迎接。尽管我们知道，要和这群春天里的羊汇合，几乎是不可能的事情。我们只是尝试着往高处的山坡上移动着脚步，大片的黄土，被积雪融化后的雪水浸泡着，在阳光的照射下，散发出一团团雾气。这愈发使得对面山梁上的羊群，看上去有些不可思议了。难道，这真的是我们在山野里遇见的一次幻觉？

出乎意料的是，首先向我们走过来的，竟是一个突然出现的牧羊人，一个身材高挑的哈萨克还是蒙古人。他是一个人从我们对面的山谷里爬上来的吗？而羊群依然散落在对面的山坡上。他走起路来有些趔趄，肩膀上胡乱地堆着一件衣服还是口袋，手上的一根棍子还是牧鞭，像他的身体一样摇晃着，向着我们张望的方向走过来了。似乎就要抛弃了他身后的羊群。

我渴望着这个陌生的异族男人的到来，至少可以解释我们在这个春日里的谜团。我相信，这个陌生的牧羊人，也已经远远地看见了我们，或者，他已经在羊群的后面，在一条隐秘的山谷里，注视着我们好久了。那么，他这样翻山越岭地走过来，是要做什么呢？这是他今天放牧的必经之地吗？还是因为他意外中发现了两个不速之客，要来一探究竟？

事实上，我们的担心是多余的。那个肩膀上堆着衣服或者口袋的牧羊人，远远地，就在一截土坡上停下了。他转身吆喝着自己的羊群，把肩膀上的衣服和口袋拿下来，随手丢在了地上，然后，盘腿就坐了下来。他甚至没有用眼睛，向着我们张望的方向，看上一眼。

而羊群呢？那些漂移在一面山坡上的羊，正在寻找着一片山野的饥渴。它们埋首于荒野，已经无暇顾及这个春天的风景了。

库姆塔格的沙

多少年来，库姆塔格沙漠的远方，不曾越过了我梦想的边界，只是一些遥望，散落在时光里了。聚散无常，在恍惚里，我沿着这座城市的方向，奔走，然后丢盔卸甲。没有人会在一个突然醒来的梦里告诉你，那一片并不遥远的沙漠里，埋藏着你的宿命。

而关于库姆塔格的记忆，也应该是从那个春天里开始的。几乎是在毫无准备的旅途中，库姆塔格以一张沙漠的面孔，出现在我的面前。我想，自己在新疆生活了这么多年，为什么从来就没有听闻过这样一座别样的沙漠呢？是我的孤陋寡闻，还是深藏不露的库姆塔格，在冥冥中，预谋好了这一次相遇。

有风，猎猎掠动着踏行者的衣衫。墨镜，风衣，更有纱巾围裹着的娇嫩脸庞，大呼小叫的留影者，库姆塔格浩瀚无垠的洁净细沙，成为了这些高贵的旅行者，镜头里的远方。五月，应该还是在春天里，而沙漠里的阳光，却足以晒出你灵魂里细密的汗珠。

我是这一群大呼小叫中的一员。在随后的沙漠旅途上，风和沙，穿过了我的脖颈，进入到我的身体里去，那一种酥酥痒痒的感觉，美妙而难以言说。我是信赖这些沙的。这些随风起舞的沙，穿过了多少时间的黑暗，在库姆塔格春天的阳光里，再一次穿越了我身体里的黑暗。

我没有多余的行囊，索性就躺倒在一面向阳的沙坡上，舒舒服服地睡上一觉。或者，会有一场宽敞而洁净的梦，那些沙上的起伏，阳光下的迷离，不可穷尽的沙漠的远方，都是我在那一场短暂的假寐里，无限伸展的梦境。可是，这一场梦，注定只是一场梦。因为，在一场声势浩大的采风活动中，一切都只是具有表演的性质，舞台上结束了，观众就应该散场了。接下来，你还得跟随着这一场盛大的演出，赶场子呢。

　　为了拖延时间，我假装着从一座沙丘上滑落到谷底，然后再慢慢地爬上来，耳朵里充塞着那个导游般的姑娘，焦急而不无埋怨的催促声。好在我还有充沛的体力和耐心，沿着一行人散乱的队伍，向着沙漠的深处跋涉。遇见了几座"巨大"的沙雕，有一座就要坍塌的"城堡"，还有一片"庄园"里，东倒西歪的茅屋。最让我不能接受的，是沙雕师们，堆积了一群《西游记》中的人物，唐僧、悟空、八戒和沙僧，师徒们在这片荒寂的沙漠深处，行走得何其辛苦。破碎的衣衫，残缺的脸庞上满是沙漠中沦落的"风尘"。我不知道这些沙雕在这里存了多久，可以肯定的是，这一处"悬置"在沙漠深处的"景点"，几乎没有引起"行人"们的注意。我在唯们身边走过的时候，心里不禁为这些落寞的沙雕，掠过一丝悲凉的感慨。唯愿，这些无辜的沙，重新挣脱了禁锢，从这些缺失了灵魂的"沙雕"中解放出来，回到阔大的沙漠中去，开始它们自由而没有目的的流浪。

　　我也会问，一粒沙有灵魂吗？一粒沙，需要一个有目的和方向的漂流吗？问题是我无从找到真正的答案。我想，我自己何曾不是在这一场又一场旷日持久的漂流中，迷失了方向，一次次陷入到灵魂的孤单和恐惧之中呢？

　　而阳光下的恐惧是无需挣脱的。四野空茫，长沙无垠，库姆塔格纷乱和细腻的沙粒，早已经将我今生的困厄、迷途，恩怨和纠结，彻底地埋藏了。

　　或者，在那一个就要远去的春天里，我站在午后铺天盖地的阳光下面，遇见的一场风，已经不知道将这一切，吹到哪里去了。

014 ｜ 库姆塔格的沙

罗布麻的荒野

顾名思义，或者望文生义吧，我觉得罗布麻的故乡就应该是人迹罕至的罗布泊了。可是罗布泊，那是一片怎样神秘、遥远和恐怖的疆域！也或许，过于神秘的历史和传说，已经使得这一片土地遥不可及。南疆，南疆，继续伸展你的想象吧，那一片荒原上焦土遍野，盐碱覆地，巨大的沟壑和沙丘之间，寸草不生的死亡之地，多么遥远的水，流尽了万物的最后一滴眼泪。

幸好，我遇见罗布麻的这个春天，停留在塔里木腹地的一片原野上。一片又一片的沙壤上，宛若这个春天的波浪，被颠簸远了的一小片绿洲，或者村舍人家，便成了我们遗弃在荒野里的亲人，看见他们招手、微笑着招呼你坐下，聊天、喝茶，顺便当着你的面，从大塑料桶里灌满一瓶子又一瓶子的罗布麻蜂蜜。价钱当然是不好讲的。其实，不用讲你也知道，这荒野里的蜜，罗布麻的花香和翅膀上的蜜，是你一个春天的旅行，远不能抵达的。

沿着一条凹凸不平的砂石路，我连续遇见了三户人家，他们分别是来自甘肃、四川和云南的放蜂人。我在云南的这一家放蜂人家里待得最久，不仅是他们一家人异样的口音，还因为这家人有条不紊的荒野生活。我感到好奇，一个七十多岁的老人，蹲在地上用手划拉着什么。走上前去，见沙地的塑料布上，是一层黄红相间的细小颗粒，问过了老人，才知道这就是传说中的花粉呢，也是晾晒着来卖的，野生的花粉，难得一见。老人更说这东西滋阴养肺，女人用了美容，延缓衰老。花粉还是湿的，要三十块钱一公斤。有人称了一二公斤，有人要了更多，装在塑料袋子里提着，满心欢喜地来到下一家，一问，同样的花粉，一公斤才要十五元。但已经无法后悔了，因为车子一气跑出去了好远，你已经无法再回到另一片荒野上去了。

但我喜欢这一家的小孩，一个扎着两条小辫子的女孩，有五六岁

了吧。她在专心地"玩耍着"一只躲进木箱子里的小狗。小狗太小了，灰黑色的茸毛，有一两个月大吗？它那样胆小，无助的神情里疲惫不堪。小女孩就是不乐意它躲进一只木箱子里不出来，三番五次地用手掏出来，放在脚底下的沙土上。可怜的小狗，还是一不留神就又钻回到那一只又脏又破的木箱子里去。小女孩生气了，找来一些木板子，草垫子，把那只四面透气的木箱子盖住，用脚狠狠地踢着，嘴里面不知道念叨着什么样的小小的咒语。一会儿，她又担心着蜷缩在木箱子里的小狗，会不会被自己给踢死或者给吓死了，小心翼翼地移开木板和草垫子，看见一双小狗黑黑的小眼睛里，满是恐惧和绝望，便又忍不住笑出了声来。如此往复，我不知道该是可怜这一只小狗，还是这个锲而不舍的小女孩？

　　还有一个两三岁的小男孩，在一条沙丘里追逐着一只脏兮兮的皮球。他用力地将皮球扔上沙丘，看着皮球从沙丘上滚落下来，然后屁颠颠地跑过去，拣上了小皮球，喜不自禁地再次扔到沙丘上去。他正在努力地让自己的皮球越扔越远，或者越高。他一定期待着这一只皮球，能够被自己扔到看不见的地方，可是有时候却恰恰相反，好在他还没有学会放弃，被一只小小的皮球牵引着，顽强而又执著。他看见了路边上突然来了一群看热闹的人，小小的表演欲仿佛又一次被激发，有好事者帮着去捡球，从沙丘上扔回去，他便兴奋地跑了去，小脸上红扑扑地，似乎还发出了咯咯的笑声。

　　埋头于灶间的一对中年夫妻，不知道是在准备早饭还是午饭，从他们的表情上看，对于这些来来往往的路过的行人，似乎早已经习以为常了。而他们的蜜蜂就在这片漫无边际的荒野上飞，一排排蜂箱，沿着沙丘的方向摆开着。这些荒野路边的树底下，一顶支起的帐篷里，就是放蜂人四海漂泊的家吗？

　　罗布麻的花香在四野里飘散，我已经分不清楚这是花香还是沙土的味道。这些坚硬的、细碎的粉红色花瓣上，我看不清蜜蜂的翅膀还是这个春天的迷茫。大片的原野上，只是沙，那些不知疲倦的蜜蜂的翅膀上，沾染着的蜜，是何其的艰难与苦涩。

　　放蜂人一定不会在一个地方待得太久，他们追逐着这片荒野上罗布麻的花香，不知道下一个夜晚，安放在哪一片沙丘之上。我心疼的是那两个孩子，那一只无处躲藏的小狗。这样的荒野里的童年，罗布麻的春天，还将要持续多久？

　　春天，是有尽头的。干燥，和沙土里蒸腾着的热浪，鼓荡着这个季节，向着无边的荒野，漫延着。

孤单的芦苇

你总是要遇见这些芦苇,这些水边的女子们,衣袂飘飘,迎风招展。水,承载着这些扶摇天地的芦苇荡,也在雁声萧索的秋日里,挥洒着一望无际的"芦花飞雪"。关于芦苇的童年往事,我的记忆里只是原封不动地保存了故乡河汊里的那一片沙地。沙地上的故事和传说,在一河汊的芦苇和竹林小屋里,惊悚而又迷人。

而我早已经是一个丢失了故乡的人。我的芦苇和青葱的记忆,已经远远地被弃置在鲁南平原上的万千往事之中了。只是,在新疆,在赤野千里的荒途上,我又一次遇见芦苇的时候,我的眼睛里满含着热泪。在翻越了天山之后的焉耆平原,或者博斯腾盆地上,因为这一湖浩渺的水波,整个夏天里,芦苇浩荡成蜿蜒之势,干渴的旅途中飘来阵阵凉意,间或有一些细小的水滴,飘落在你的睫毛上、脸颊上来。我的感动就是从这一刻开始的。漫长的芦苇,成就了我在这个夏天里短暂的旅途。

是啊,多么漫长的时光,需要一些旅途上的遗忘。或者物换星移,你只是这漫长和寂寞旅途的一个孤单旅客。这些年来,我一次次在不同的季节里,经过博斯腾湖边的芦苇荡,却再也没有了激动和感伤,有的只是苍茫视野里的习以为常。因为我也早已经习惯了这些湖水的浸泡,这些沙滩、湖岸,来来往往的车辆和船影,交错成一片繁荣的景象。

我遇见的另一些芦苇,则完全超出了我的想象。那是一个冬天吧,我们横穿塔克拉玛干沙漠的一个干冷的早晨。沙漠里的波浪,像极了一片幻海,只是那茫茫无际的波涛,凝固成一堆堆真实的沙丘。它们保持着大海的姿势,一下子陷入了沉沉的大梦之中。没有谁来唤醒这些沉睡在时间深处的波涛和汹涌,茫茫无际里,一丝风在沙丘上跑动,只是一些风,浑黄的沙丘上,什

么都没有生长。

我们是迎着一缕朝阳进入沙漠的。尽管长时间在远处的奔跑,使我们看不清楚沙漠真实的脸庞。它们浑然不觉地在这里沉睡了亿万千年,那些真实的容颜无人知晓,但我知道,这些沙漠里每一座沙丘的细部,一定也是生动着的。我们弃车而行,散开去,向沙漠的深处走去。

我不止一次地进入过沙漠的腹地,也曾不止一次地在塔克拉玛干沙漠里行走,但是这个早晨,在冬天里的沙漠行走,却依然让我感慨万千。朝阳慢慢变得白皙而温暖,而沙漠之上,波涛起伏的沙丘突然显得异常的安静。仿佛经过了一次惊涛骇浪的洗礼,大漠深处的安静让人感到了恐惧。越往深处走,这种恐惧就变得越加深切而密集。而沙漠腹地摄人心魄的魅力,又使得你不得不往深处走。

其实,沙漠里的行走,往往是一些人生的往复。所谓情到深处,欲罢不能。我翻越了一座又一座沙丘,迎着太阳投射下来的光影,茫茫无际的沙漠,真实而又迷幻。我的脚底下,细密的沙子缓缓流动着,只要我的脚一迈出去,立马就有更多的沙子围拢过来,充塞在我的鞋子和袜子之中。后来我索性脱掉了鞋子和袜子,用一只手提着,另一只手搭在眉头上,向着远处眺望一番,然后继续翻越另一座沙丘。跋涉、翻越,尽管已是气喘

孤单的芦苇 | 021

吁吁，但内心里的那一分期待，依然炽烈。

我是站在哪一座沙丘上，发现了这些芦苇的呢？起初，我并不以为这是一些倒伏的芦苇，我惊恐地以为在沙漠里遇见了一条盘根错节的蛇。我心惊肉跳地站在一座刚刚爬上来的沙丘上，惶恐无措。我不知道，在这样的时刻是立即逃命，还是原地不动？等我回过神来的时候，那一条"蛇"，已从沙堆中抬起头来，我才发现，那是一株干枯的芦苇。芦苇已经枯竭了，但骨节完整，颜色泛白，弯曲、纠结地躺卧在一片沙丘围拢的"湖底"。可以想见的是，这是一株曾经旺盛地存活在沙漠里的芦苇。

一株死亡的芦苇，伏地而泣吗？我无法将它重新扶起来，只是站在沙丘上，为这一株在孤独中死去的芦苇，默哀！然后，我环顾四野，再也没有找到另一株活着或者死亡的芦苇了。

浩瀚无垠的沙漠深处，原来也是有生命的呢。那一抹绿色，是怎样穿越了死亡的天险，和几乎不可逾越的漫长的风沙，来到塔克拉玛干沙漠的深处，独自萌芽、生长，然后自行消亡的呢？唯一能够解释的，就是那一场遮天蔽日的风了。风，从远处带来了一粒芦苇的种子，随着沙尘一起轻轻地抛洒在沙丘上，然后又是怎样的一场雨水，在一粒干渴的种子行将干瘪之前，骤然降临！这一场场生命的华典，从来都是在孤单中完成的吗？

或者，是一只还是一群迁徙远方的鸟，旅途中把这一粒孤单的种子，抛向了一片茫茫的沙海。

而无论是一场风，还是一只鸟的翅膀，我都愿意为这一株孤单的、在死亡中慢慢躺下的芦苇，表达一种生命的敬意。生命往复，我们见过了太多的浩荡和无垠。在繁华的尽头，在荒凉的腹地，在大海般凝固的塔克拉玛干沙漠里，我遇见了一种孤单，她的名字叫芦苇。

草色

总有人喜欢说碧水连天，我相信那些浩渺的水波，是曾经穷尽了人们的眼目的。而此刻，我遇见的赛里木湖，只是一湖碧蓝，是远天高地里的一汪明镜，是大山耸峙、云影飘忽着的一抹夏日里的凉爽而已。

我无法在这样的时刻，回忆起赛里木湖的湖光往事。这么多年来，或路过，或专程来到她的湖边驻足，我已经记不起有多少次了。但我从来没有设想过，会有一天，能够有充裕的时间，来一次"环湖"周游。因为这不是比赛，没有时间的追赶，也因为不是急匆匆的路过，所以时间就变得奢侈，一些湖边的随意行走，便有了一些奢华的味道。

所谓人生际会，总是有不确定的"风景"在前边等着你的。我从乌鲁木齐出发的时候，就不经意间弄丢了自己的相机，所以我索性变成了一个"读风景"的人。长途短道，这一路上，我都像是一个"事不关己"的游侠，大声小呼地跟在一帮美女帅哥的后边，一次次看那些拿了路上的"美景"做铺垫的人，欢呼、雀跃，摆弄出无限的风姿，仿佛江山穷尽，只有美人了。几乎所有的旅途，你都无法摆脱这样的命运。

而赛里木湖是一个例外。我坐在车子的另一侧，远远地看着幽蓝的湖水在远处停泊着，多么高远的天空下面，才能造就出如此尊贵的孤独。我想，我是不忍心看那湖水的，那水，蓝得凄美而忧伤，也干净得几乎让人绝望，有着一个世纪的冰凉。

顺着太阳的方向，我的目光，慢慢地转向了这些湖岸边漫无边际的草。几乎，我要用了"寻找"这样的方式，来辨认车窗外面一闪而过的"草"和"花"的颜色。从高处的云朵，山顶的积雪，山坡上凝练如墨的塔松林，到远处的湖水，这些显山显水的大风景，任是哪一处，都比一棵草，或者一朵野花来

得壮观和奇绝。它们有名有姓，经得起时间和光阴的拷打，也承载着赛里木湖千古不绝的美名和赞誉。但是所有这一切，在赛里木湖如此短暂的盛夏季节里，却没有谁，能够比得上一棵草，或者一朵野花的魅力。

是的，仔细想来，我们不就是沿着一棵草、一朵野花的方向奔驰而来的吗？在赛里木湖漫长的湖岸上，展开着舒缓或者急切的山前平原，是这些漫无边际的草，繁星般点缀着的花朵，延缓了天空、高山对湖水的挤压，也减少了我们面对湖水时，那一丝冰凉的疼痛。

其实，在草和花之间，你的每一次涉足，都充满了惊心动魄的杀戮和碾轧。就像生命的血，那些新鲜的草汁，染绿了你的一双脚板。一棵草，挽着另一棵草，一朵花，托举着另一朵花，你几乎无法分辨这大地上的颜色，竟是如此的缤纷。

多么微小的事物，都能见证自己的绚烂。那些伏在地上的草稞，那些低矮的花朵，正在向一个季节，展示着生命的蓬勃和昂扬姿态。

多少年来，我早已经习惯了那些裸露的山崖，断臂的河床，所以远远地看见这些细碎的草尖和花朵的时候，在那些稀疏的山坡上，我没有感到丝毫的惊讶。我最先遇见了这些蓝色的"勿忘我"，她们似乎要从整个山坡的草丛中爬出来，蓝色中泛着些许灰白。那花朵，是需要你俯身下去，认真地面对，才可以认得清楚，那蓝色里的悠远，却不孤单。及至，你回过神来，一大片又一大片蓝色的"勿忘我"，已经将你团团围住，而花香呢，早已在你的四周，在一片蓝色原野上，漫漶、飘散开来。

想一想，我是多么匆忙地置身于一片蓝色的晕眩之中。举目四望，这广阔的蓝色里，我已经找不到一星点儿旧年的思念了。那些往事里的霜，此刻，铺满了赛里木湖微风中摇荡着的蓝色，或紫色的花朵——"勿忘我"。

有谁比我更愿意面对那些紫，或者红——那一片名叫"迎春花"的草原。我有些疑惑：迎春花怎么开在了夏季里？见惯不怪的当地人说，这是哪里呀？这是海拔两千多米的塞外高原！西天山的另一端，盛夏和春天，就是这样结伴而来的。而"迎春花"的娇艳，也使得一片山色，显出了几分妩媚来。

仿佛是为了对应这季节里的柔美，山顶上的云朵，不一会儿就幻化出一团雾气来，雨水就这样乘着一团水雾飘然而下。没有人要急着去躲雨，事实上，当雨水到来的时候，这广袤的草原上你也无处躲藏。有人说，不要紧，这湖边的雨说来就来，说走就走。而刚才还躺在草地上的美女们，此刻也没有被淋湿的感觉，笑声爽朗地撑起一把伞，在雨水里散步，听得见草和花朵的拥挤与推搡。那些滋滋生长的叶脉，在草稞里，支棱着耳朵，听着这些踏访者的脚步，犹如一阵山风掠过。

接下来，不管你愿意与否，你都必须面对这一片比一片更加辽阔的黄色的花朵。依然是细碎的黄，却又要连成一片，就连那些蜜蜂和昆虫的翅膀上，也都涂满了金黄的蜜汁。黄花遍地，我却遍寻不见，一朵花的名字如此珍贵。我听见有人说这是矢车菊，有人说是黄芪。我于花，于这广袤的植物和花朵里，像一个盲人，找不到自己可以被诉说的理由。

我知道这个季节里，黄花连绵，环绕着赛里木湖的草原、山地上，遍地都是黄色的伞盖，就连忽远忽近的山顶上的积雪，也不时被涂上一层均匀的黄色。黄，是天地的颜色吗？我们正在经历着的这些黄色伞盖，已然越过了湖水和山梁上的伟岸，深刻地铭记在这个午后的晴朗里来了。

蓝色，紫色，黄色的花朵，我唯独没有说出草的颜色。草，就是无法被我说出的那些颜色吗？

哈日图热格

一般而言,大多数险峻的峡谷里,都会有一条湍急的河流。哈日图热格也不例外。而我们言说中的西天山,差不多就是天山逶迤西出,在博尔塔拉境内这样千山万壑的纵横之中,从其庞大的山脉中析出的阿拉套山了吧。固然,巍峨的天山还将继续西行,万千险途和美景,也一并让我这样一个望一眼断壁悬崖便"腾云驾雾"的行走者,望谷兴叹了。

相对于凶险莫测的悬崖峭壁,我当然更倾慕于在哈日图热格这样舒缓的谷地行走。哈日图热格,当然是蒙古语,旁边的人给我说,就是"黑雕出没的地方"。我在这里却没有看见黑雕的翅膀,连它的一根羽毛也没有看见。我遇见的是一条喧嚣的河流——哈日图热格河。据说,哈日图热格河还是一条跨境的河流,它是从哈萨克斯坦穿境而来的河。

河水喧嚣的声音,是一点点传递过来的。我随着散开在河滩上的人群,迎着河水的咆哮逆流而上,在河水里捡起一些石头,又随手扔掉了。我没有遇见一块属于自己的石头,就像这一路上,总是被丢弃在路上的风景,虽然心怀着憧憬,终究没有了那一种销魂般的感动。我想,石头也是一样的吧,她还没有准备好与你的会面,只是在暗处,在河水的喧哗和山谷的风声里,静静地等待着。一块石头的沉默,就像我们丢弃在时光里的遗忘,慢慢地,她会在哪一次意外的重逢中,给我们带来一份内心的喜悦和安慰?

桦树,杉树,西伯利亚杨树,高低错落着,铺满了一条山谷。无限的延展,我不知道山谷的尽头又会是一番怎样的风景?我总是在这样的时刻产生莫名的错觉,仿佛置身世外,与这恍如隔世的山谷、森林、河流毫无关联。我的大脑里堆满了尘世的杂物,没有一间空闲的房子,可以供我存放这稀世的美景。我是晕眩着,踏行在河水和石头的山谷里,深一脚浅一脚地逡巡着,眼睛里忽一会儿是漩涡瀑布，忽一会儿是流泉山谷，是山花烂漫，是树影摇动的整个夏天，是石头叠压着的石头的河滩，一河滩的石头光洁如玉，而我却一无所获。这时，我听见有人在远处用两只手卷成一个喇叭状，大声地呼喊着我的名字。

后来我知道，他们漫步在平缓的河谷平地上，远远地看见我不时埋下身去，从河水里捞起一块石头，又"艰难"地移动到另一处裸露的河滩上，担心我一不小心，被这湍急的河水给冲跑了，便大声地喊叫起来。其实，河水咆哮，松涛如风，任是他们多么壮观的"呼喊"，传到我的耳朵里，也都被这涛声和水声给淹没了。我起身朝着大伙的方向走去的时候，只能远远地循着他们的背影了。

不知道什么时候，我的手里拄着一根枯干的树枝，支撑着，在一堆又一堆干净的石头上走过。我真是没有运气呢，我不忍心就这样走下去，可是我

又怕这样会耽误了下面的行程,便只有像一个不知道珍惜财富的暴发户一样,在这些裸露在河滩上的石头间走过。

就在这时,我抬头看见了几棵树,蓬松着一座河水里的孤岛,便几步上前,正午的太阳下面,这是一种下意识的动作吧。我拄着一根树枝往前,或者往上攀爬着。忽然,一只黑色的"狗"正站在我不远处的一块石头上,面无表情地凝视着。我心头一惊。但从"狗"的个头上看,应该是一只"小狗崽"吧。看样子,它要朝着我的方向冲过来,也或许,这正是它要回家必须经过的一条路,我给挡着了。它略显犹豫,但还是要起身往我这边来。这一下,我本就脆弱的防线崩溃了,便猛地从脚下的石头堆里,抓起石头,不顾一切地扔将过去。那"狗"并不示弱,或者,它从来没有见过这等虚弱的进攻,犹犹豫豫着,且退且回头地看着我。我搬起更大的石头,两只手一起用力,更加疯狂地朝着它扔去。那"狗"却并不慌张,绵软而温柔地叫了几声,落荒而去了。

我回过神来,捡起地上的树枝,喘息着,望着那一只姗姗而去的"狗",心想,这峡谷松涛中,哪来的一只"小狗"呢?转而一想,那么如果不是一只落单的"小狗",它应该是什么?是狼,还是游荡的小黑熊?这样的联想使我不由得后怕起来。更让我悚然的是,我这样毫无顾忌地赶跑了这个小家伙,它会不会招来它的家长们前来报复?

这样想着的时候,我的脚步便在不知不觉中加快起来。我赶紧爬到"岸上",追赶大部队的影子去了。峡谷深处影影绰绰,我恍惚中只是看见了前行者的身影,山谷,水声,密不透风的树林里,立时全是恐怖的声音。我只有壮着胆子往前走,这山谷里唯一的一条路上,美景里只剩下了一个人孤单的恐惧。

我拄着一根树枝往峡谷里走着,不一会儿,走到前面的人返回来了。他们已经抵达了哈日图热格峡谷最为著名的景点"一线天",而我还在赶往它的路上呢。不知道是恐惧还是自己说服了自己,我随着这一行凯旋的人群,悻悻地踏上了返回的路。

此时,太阳西斜,峡谷里的水声和涛声不知都去了哪里,我只是听见自己的脚步声,还有咚咚咚的心跳声。不远处的一片树林里,阳光斜斜地照在一截陈旧的木桩上,一只小鸟,轻轻地翻动了一下翅膀,往另一棵树上飞去。我看见了一些树叶,去年的,或者更远的一些年代的树叶,在树影和阳光的照射下,沉静而斑斓。

悬崖上的桦树

下雨了。坐在云雾山庄宽敞的大毡房里，人们目睹了一场"突然"降临的雨水，不禁欣喜若狂。雨势森然，声激若鼓。而在这清澈的雨水里，俨然还有阳光的明亮，炎热间隙的一丝清凉。我坐着的位置，正对着毡房的门口，那一道道"顺流直下"的雨瀑，隔着远处青葱的山峦，绿树掩映，雨声如注。欣喜之余，我也不禁纳闷，刚才在走进毡房里的时候，山谷里还是阳光明媚，怎么这一转身的工夫，雨水就这样织成了一道天幕。

而此时毡房里正在进行午餐，也因为一场雨水的到来，真正的演变成了一场声势浩大的"酒会"。在主人的安排下，蒙古族女歌手激情放歌，除了洁白的哈达，金盏银碗里更是盛满了"酒"的祝福。

我不是为了要躲避这几碗酒，而是毡房外面急切而清脆的雨声太让我着迷了。我在一片欢笑和嬉闹的嘈杂声里，一个人悄悄地穿上鞋子走出毡房，迎着这铺天盖地的明亮的雨水，深深地吸了一口山野里的芬芳和清凉。

这也是几天来，哈日图热格峡谷带给我的一份别样的感动吧。就在我举首遥望的当儿，雨声也慢慢地小了下来。我踏着河谷里干净的石头，试着穿过浮桥，走到河对面的山谷里去。不知道是这一阵急切的雨水，还是本来就湍急的河流，突然觉得脚下，有了一种咆哮的感觉。我晃晃悠悠地在浮桥上走过去，有过一阵短暂的晕眩，一溜小跑着，逃离了脚底下那些怒吼着的"波涛"，庆幸，还是侥幸地躲过了"这一劫"。岑寂的山野里，只剩下了雨水和我咚咚的心跳。

天空里，似乎还有零星的雨点飘落下来。往前走，我更喜欢这些满山满坡的桦树林，挺拔的，高耸的，洁身自好的桦树林呀，似乎，只有在哈日图热格这样安静，而又被一场雨水洗濯过了的山谷，这些永远都不曾弯曲着的桦树林，才是合适的。而那些参杂其中的西伯利亚杨树、桉树、冷杉、塔松等等参差不齐的树木们，它们弯腰驼背的经年历史，却总是要使人看到时间的沧桑，世界的浑浊和混乱不堪。

但像哈日图热格这样安静的山谷，远离尘世的烦扰总是好的。就连阳光、雨水，咆哮着从谷底里流过的河水，也都被时光涂抹了一层寂静的沉着。生活的面目日新月异，而山河总是旧的好。哪一条沉寂的山谷里，都埋藏着千年万年的古老时光，而我们却一无所知，就让这些树木、河流，永不移动的山石驻守着，经历着繁盛的生长和悄无声息的死亡与轮回。我想，这世界的万物生长中，我们的脚步总是匆忙的，也是鲁莽的。

看山谷里树林密布，山石狰狞，仿佛它们突然结束于一场匆忙的奔跑，或者静止于一场措手不及的大混乱。我们有时候无法理解这大自然的安排，混乱、浑浊，而又安然有序。俨然我们命运中的一些惊喜和彷徨，蜿蜒在一生的路途之中，你无法确知人生的下一场盛宴，会在你的孤单中悄然开场。

雨停下来的时候，太阳便开始暴热。我一时还无法从刚才那一场清凉的雨水中抽身而出，但我不得不面对扑面而来的阳光的暴晒。所以我会选择一些山谷里的荫凉处，或者一棵树下的石头，安然小坐。这个时候，我

悬崖上的桦树 | 031

的目光，开始漫无目的地在河谷里逡巡。我看到了在蓝天的缝隙里，山石嶙峋的绝壁峡谷，看到一只鹰或者雕的翅膀，在我头顶上的天空里，有过一次短暂的驻留，那一双静止的翅膀，曾经在某个时刻让我怀疑起自己的眼睛。

远山如黛。而近处的山坡上，除了零星的树木，我看到的是一块块巨大的、裸露着的山石。我的目光，在一块坚硬的石头上无意间停留的时候，这棵倾斜着的桦树，一下子让我全神贯注起来。这是一块裸露着的岩山，青色的棱角上，显示着一次遥远年代的断裂。而这一棵桦树，是怎样在这块高耸的岩石上落地、生根、发芽，继而生长成这样一棵"参天大树"的呢？它的周围，是岩石上光洁的斜抛面，没有一棵树哪怕是草来陪衬一棵桦树的傲然挺立。距离这块岩石很远的地方，是一些斜刺里伸出来的树冠和树木般的肩膀，它们似乎在观赏着一个孤独者的杂技表演。

我久久地凝视着一棵悬崖上的桦树，想着它有一万种的可能和不幸。一粒种子的飘落，一场风，阳光、雨水，还是岩石上一道微不足道的缝隙，恰有一块足够一粒种子生根发芽所必需的土壤。即便是这一切都已经备齐了，它缓慢的生长里，还必须预留下足够的灾难和被摧折的命运。

一块裸露在山崖上的岩石是幸运的，而对于一棵桦树而言，却是灾难性的。孤立无援的一棵树，紧紧地抓住了一块巨大的岩石，总是少得可怜的雨水和土壤，你必须紧紧地植根于一块石头上的荒芜，让坚硬的岩石，听得见一片树叶幼小的呼喊。那些风雨长夜，一棵幼小的、孤独的桦树带领着一块巨大的岩石，一次次托举起生命的梦想。它不被摧折，没有倒下，是不是它的枝干里，早已经注满了岩石的汁液？

我相信这一棵无法被摧毁的桦树，它早已经忘记自己与一块岩石的区别。它是这峡谷和大山的一部分，是另一些生动的面孔上，所无法书写的一曲命运的绝唱。山摇树动，风起谷底，而岩石上的桦树只是轻轻地挥了挥手，它倾斜的身姿，在努力地保持着一棵树的平衡和生长的姿态，而无语的大山，只剩下了沉默。

树叶上的尘土

飞机还在和田上空盘旋的时候，我推开舷窗上的遮挡板，感觉阳光一下子把眼睛给刺得生疼。无遮无拦的阳光，从几千米的高空里垂下来，隔着飞机舷窗的玻璃，与这轰鸣中的降落者，一点点地铺满了干净而结实的大地。

我不是第一次来和田，却是第一次领受和田上空毒辣辣的阳光。我能够想象的到，即将到达的地面上，该是一番怎样扑面的热情了。但不管怎样，阳光总是带给你一份好心情，一次算不上遥远的旅途，一个你永远熟悉又陌生着的目的地，你总是能够在她热情的怀抱里，感受着一份别样的温暖。

和田留给我的记忆，总是匆忙的。匆忙地到来，然后又匆忙地离去，有时候，仅仅是为了在和田住上一个晚上，第二天一早，又匆匆忙忙地上路了。所以我从来没有机会认真地打量过和田，没有机会一个人，在和田寂寞的阳光或者夜晚里，嗅一嗅和田自己的味道。

我在和田上空的飞机上感受到的那种"热浪滚滚"，在和田的地面上并没有觉得有多么强烈，反而一下飞机，不知道是哪个方向吹来的风，就把人一下子给吹晕了。和田机场空旷的停机坪上，此时显得有几分冷清，满眼的空旷里，你能够闻得到一种混合着沙漠和阳光的味道了，甚至，不知道在哪个方位，一股子烤羊肉、皮芽子或者奶茶的香气，萦绕在你的嗅觉里，须臾不曾离开。

我要说的，是和田的尘土。包裹着这座城市的尘土，毋庸讳言，来自于她不远处塔克拉玛干大沙漠。千百年来，沙漠生态下的和田小城，早已经习惯了这个强悍的沙漠邻居的造访和袭扰。只是，时间造就了她们的相处之道，也造就了一座沙漠与一座绿洲小城的睦邻关系。

车子在和田的街道上行驶的时候，我惊奇地发现，几乎每一棵树上都落

满了厚厚地尘土。

　　整整一条街道上的树叶上，被一层细密的尘土覆盖着，尤其那叶片阔大的法国梧桐上，整齐的伞盖，厚实的叶片上涂满了金黄色的颜料，在阳光的照射下，显得格外壮观。几乎，每一条街道上都伫立着这些"灰头土脸"的皇家列队。除了我惊讶不已之外，我看不到和田人的脸上有什么异样的感觉。人们真的早已经对这一切习以为常了吗？

　　我看到的是和田人的随意和漫不经心，生活进行得有条不紊，没有人对这些城市上空的沙尘大惊小怪。些许的惊讶和不适应，大多来自于像我这样的一些外来者。你可以说这是一座被沙漠包裹着的城市，但你却不能说这是一座蓬头垢面的城市，维吾尔人艳丽的服饰和别具一格的语言特色，充斥着这座城市的大街小巷。烤馕、榨石榴汁、玫瑰花酱、核桃和无花果的摊位让

你目不暇接，服饰、服装，花帽和艾德莱斯，手鼓、唢呐，冬不拉和热瓦普的鼓噪声混合着你永远都不知道来自哪个方向的吆喝声……或许，只是转过了一条街角，你就忘记了那些树叶上的厚厚的尘土，专注于你无法一一应付的生活的场景。

　　有时候，我又是一个多么顽固和冥顽不化的人呀！我仍然对自己在这座城市里遇见的尘土耿耿于怀。尤其是其后的几天里，我有机会来到乡下，看到农户的果园、林带里那些伸展在大片阳光下面的树叶上的尘土，更是不能释怀。无处不在的尘土，就像这个季节里的阳光和黑夜一样，覆满了小城和田的街道、村庄和广阔的田野。

　　在新疆的生活经验，使我对沙尘甚至是沙尘暴等这些气象学上的名词并不陌生。然而，我鲜有的野外经历，又使得我缺乏对这些充满了野性和摧毁性天气的真实感受。更多的时候，我只是坐在乌鲁木齐的书房里，感受或者体会着来自南北疆的沙尘和沙暴的消息。那些被狂风席卷着的尘土，掠夺性的在大地的上空肆虐着。我却总是在这样的时候，不合时宜地想着，那该是怎样的一种自然奇观呀！想想那天地间浑然一体的沙尘，搅得天地间暗无天日的沙尘，也把自己的命运，一次次抛向了不可预知的远方。

据说，整个华北地区，甚至漂洋过海的日本、韩国等，都能感受到来自新疆，来自塔克拉玛干大沙漠沙尘天气的影响。真是功莫大焉，一粒微小的沙，扶摇直上，何以作了这远方的使者，在漫长的天空，飞翔，还是被飞翔着。一粒沙子的旅途上，我们看不见万水千山，一粒沙子，却是艰难的，它被卷起、飞扬，漫长的旅途，一场又一场不能停歇的风，做了它庞大的翅膀。山河呜咽，森林鼓荡，万顷大海的波浪，每一次，它都必须是一粒亿万分之一的幸运者。而每一次降落，都会是一粒沙子的终点吗？只有那些永不停歇的接力者，才能够完成一次不舍昼夜的、伟大的迁徙。

让那些阴暗和潮湿见鬼去吧！只有一粒沙，携带了太阳的温热、明亮、清洁和时间深处的沉睡，告诉世界的远方，没有不可以抵达的梦想。每一粒沙，都怀揣着命运的不确定性，等待着一次被托起，或者扬弃。你见过一粒沙子的哭泣吗？没有。我是说，命运如一粒沙子，不需要哭泣。

沙漠成就了浩瀚、无垠和无数英雄的梦想，也成就了一粒沙子的传奇。无数的沙，堆积着，在沙漠里游走，等待着永不确定的下一次。在无边无际的塔克拉玛干，如果不是绝望，我们望不到一粒沙子的起伏和它微小的光芒。只是，沙子常常会绊住了我们的脚步，在每一个远行者的脚步里，都填满了故乡般细密的沙子，如同思念，抽水不断。

毗邻沙漠的和田是幸运的。她的绿洲上物产丰盛，瓜果飘香，只是沙和沙漠无处不在。想想看，在你的房檐、屋顶上，果园和院子里的每一片树叶上；在你们迎亲的队伍里，在你归去的夕阳里；在你的手鼓、巴拉曼，在你浑然不觉的吟唱里，沙子，也在你眉目传情的眉梢上，停留着呢。

乔格达依之桑

午后，乔格达依村后的果园里，显得有一些密不透风。我最先遇见的，是一条干净的沙土路，尘土先于一阵风，落到了路边的树林和草丛里去。我有些晕眩，闷热和困倦使我愿意在这个时候，更快地回到一片阴凉的下面去。这条乡村的小路，已是南疆的最南端了，炎热，和一种来自于异乡的、久违了的气息，使我不由得放慢了脚步。

隔着一截厚厚的土墙，我看见了一个院子里伸出来的粗大的桑树枝，桑叶摇摆着宽厚的叶片，在若有若无的风中摇晃着。阳光密集地停留在一棵高大的桑树上，古老的桑树叶子们，拥挤在一个炎热的夏天里，那些青葱和充沛的活力，使你不忍心看着一棵树的衰老，以及来自于一个季节的遮蔽。

我当然不能丢下手里的相机，像一个傻瓜一样东瞅西望。我的一副黑色墨镜和满脸潦草的疑惑，没有引起任何人的注意。在炎热中挣扎着的乡村一隅，通往果园的一条乡村土路，已经铺满了几十年的尘土，等着你一脚踏上去，溅起满脸的灰尘，然后它们才又回到路边的角落里去，哪里还有什么一尘不染的所谓乡村的梦想。

一辆装满了红色砖块的小四轮拖拉机，冒着黑烟过去了。一辆疾驰而过的摩托车上，挤着四个还是五个小伙子，嬉笑着，"轰"的一声从我的身边飞过去了。我下意识地往边上跳了一下，尽管我的这些下意识的反应是完全多余的，但我的心头还是掠过了"躲过一劫"的轻松感。我停下来，看见一辆马车，不，是一辆毛驴车，那个无精打采的人盘腿坐在车上，任由着他的驴车，嗒嗒地在我身边走过，宛如时间的钟摆，分秒不差地融入到时间的荒芜之中。缓慢的生活，似乎什么都没有落下，植物、土地、田园，远处的院落和风沙弥漫的南疆小镇，一切都显得安详和秩序井然，倒是像我这样的游走者，怀揣着一个世界的梦想和恐慌，找不到一处可以让自己安静的地方。

我还是看到了路边的桑，三五成群的桑树，就要遮挡了整个夏天。此刻，竟然连一丝风也找不到了呢！早已经过了桑葚的季节，我只是陷落在一片桑叶的回忆和怀念之中。我说过时间的荒芜，漫长的西域之路，我在遥远的和田之境，遇见了一片童年记忆里的桑，细小的，温暖的，一片片桑叶上尘土一样浑然的梦境，不知道是幻觉还是我眼前真实的影像，我已经飘飘欲仙了。

这个下午的阳光曾经使我昏昏欲睡，此刻，我已入了仙境。这里并不是一片桑园，它只是一条沟渠边的几棵野桑树，枝叶婆娑，似乎看不出苍老的树干上，盘桓弯曲着的年轮依稀可见。我伸出手去，在一棵桑树粗糙的树干上轻轻拍打了几下，仿佛是一次久远的告慰，一次久别的重逢。抬头看见树顶的枝杈上，竟然有一个鸟窝，鸟窝下面的树干上，似乎有过一些鸟粪"流淌"的痕迹。再往上看，原来不只是一个鸟窝，三五个不等吧。我还没来得及看看另外几棵桑树上是否也有同样的鸟窝。而此刻，鸟巢空寂，桑叶无言，无处不在的午后时光里，乡村的恬静的原野上，陷入了可怕的寂静之中。

我的目光是迷离的，一种无以言说的悲凉盈满了心头。置身南疆和田乡间的一处荒野里，似乎这个突然到来的午后，阳光混合着尘土的味道，桑叶也停止了交谈，万籁俱寂，这样的时刻我已经渴望着，或者等待着很久了。就像我的记忆里落满了尘埃的童年往事，一条桑园里的故乡之路，已经使我不敢轻易回首。是的，这一刻的沉寂，我已经在自己浑浊的生命里，等待了太久。

一棵桑树枝繁叶茂，一树鸟巢在空寂中等待，一个下午，总是短暂的。沟渠里的水淙淙流过，水面上飘着一些草叶和细小的树枝，我摘下一片桑叶放进渠水里，看它旋转着，在渠水里打了几个旋，飘走了。

我想，一片桑叶是我在和田遇见的故乡。你永远也无法说得清楚，一个漂泊的人，会在浪迹天涯的哪一条路上，遇见无处不在的故乡。你回不去的乡路，在怎样的远方，都会有一个十字路口，让你停下了脚步，温习一下那些早已经不再属于你的时光。温暖抑或冰凉的往事，任是多么苦涩的回忆，在这一刻，都无法让你一下子转身离去。

古老的乡间丝绸，早已经穿越了千年的欧亚古道。和田植桑的历史，甚至可以追溯到1700多年以前的古老岁月。那时，遥远的故国翻山越岭，几乎每一枚桑叶上，都凝结着一位故人的思乡之梦。翘首东方，黄沙漫漫，遇见驼背上的丝绸和桑蚕等故乡之物，哪一位远嫁的女儿，不是珠泪涟涟。而岁

月的烟尘里，我们看不清一张柔弱女儿的脸庞。那些征战、杀伐、鲜血和无尽的尘烟一起，湮灭在历史的背影之中。

桑树上挤满了这个下午就要散去的阳光，一只鸟扑闪着翅膀，在树顶上落下又飞去。我想到了自己这个短暂的下午，应该结束了。

巴拉曼的黄昏

来到布尔其村的前一天，这里一定是刚刚下过了一场罕见的雨。车子在离村子好远的地方就进不去了。下了飞机，又上了车，此刻的步行，在夹道的树木和松软的泥土之间，便有了一种时空倒错的感觉。一条算不上宽阔的沙土路的低洼处，还汪着一些明晃晃的雨水。我们就是这样深一脚浅一脚地进入村子的。

隔着一排杨树不远的果园里，是一片又一片连绵的核桃林。看不见核桃的核桃林里，枝繁叶茂，一派青葱。而时光的斑斓，在这些茂盛的叶子的过滤下，更显得支离破碎。你置身在一片完全陌生的土地上，嗅着这些曾经遥不可及的泥土和植物的味道，若隐若现的农舍和树林里点缀其间的庄稼地，真就觉得，印象里干旱少雨、黄沙漫漫的和田，一下子变得诗意和田园起来。

是呀，果园毗邻着一些整齐的玉米地。一辆毛驴车和它上面胡乱堆放的柴草，像油画中的静物描写，静止在一些阳光和树叶无声的喧哗之中。那些孩子们，围拢在一片堪作纱帐的玉米林里，不时露出顽皮的脑袋来。整个下午，或者整个的童年的时光里，谁还会找到比这些嬉戏在乡间的孩子们更真实的生活？那些不事喧哗的树林和果园，成为这些庄稼地上被渐渐拉远的背景，多么繁茂的生长，也不曾破坏大地上的安静。

玉米地里的劳作者，她们弯下了腰，又直起身来，红色的，或者绿色的头巾遮住了她们羞涩的脸庞。远远地，她们就发现了这些手里端着相机喀里喀喳的采访者。她们扭过头去，或者一转身，钻进了玉米地里。不一会儿的工夫，她们便出现在另一片果园和庄稼地里，依然是一些稍纵即逝的身影和艳丽的头巾。我有些犹疑，这些年轻的妇女们是否真的是在田间劳作？也许，她们也和我们一样，隔着一片果园和玉米地，打量着这些突然间的造访者。是出于好奇，还是固有的风俗？

而泥土夯筑的院墙和房舍，远远地看上去，涂着一层旧日的时光和泥土色的金黄。我们踏入的这个小院里，住着已经八十多岁的伊干拜德·艾山老人。他是和田地区为数不多的巴拉曼艺术的传承人。他的院子中央，长着一棵高过了房顶的枣树。枣树的枝干，几乎就要盖过了整座小院，而枣树下面，一张刷着天蓝色油漆的木床已经有些斑驳了。清瘦的伊干拜德·艾山老人用手捋了捋下巴上的雪白胡须,抿着脱光了牙齿的笑容,谦逊地握着每一个人的手,嘴里还不停地念叨着什么。几乎没有人能够听得懂老人说了些什么,只是从那略显苍老和沙哑的声音里,你能够感受到一种长者的真诚和久远的教诲。

接下来,巴拉曼的黄昏开始了。艾山老人和他的演奏团队,四个人,还是五个人呢,清一色的老人,他们在院子外边一排杨树下面的长条凳上坐下,各自从自己的口袋里摸出一根"芦管"一样的东西,放进嘴里吹了几口气,然后,相互示意了一下。紧接着,一声喷薄而出的"呜咽"之曲,宣告了这个掩映在树林和庄稼之中的小院里,一场乡村音乐的盛宴,开始了。四五个老人,脸色红润,他们鼓起的腮帮子里,憋足了一口气,在那根细细的"芦管"里,流淌出绝世的欢愉和悲凉。

黄昏,是这场乡村音乐的盛大背景。从树顶上泻落下来的光影,打在老人们黑红的脸膛上,细密的汗珠,泛出了明亮的光芒。让我感动的是,面对摄影和照相机的狂拍乱照,演奏者竟然无动于衷,他们完全陷入到自己的音乐里去了。古老的音律,简朴的乐器,在一双双粗糙的大手下,流淌出磅礴、粗粝而又细腻、温婉的声音。其声呜咽,其音悲切,苍茫悠远里,隐含着整个世界的悲恸,这一节节粗鄙的芦管,竟能释放出如此撼人心魂的力量。我仔细观察了这些巴拉曼的吹奏者手里的"芦管",类似于我在童年乡间玩过的"柳笛",大凡乡间的趣味,在这些老人们的手里面,一点都没有散失。

而有谁知道这种"会唱歌的芦苇",就是千百年来,隐匿于汉唐诗赋中的"筚篥"。筚篥者,声音低沉悲咽,故有悲筚和悲篥之称,有羊骨或羊角制,亦有竹制、木制,树皮制等。我们在和田乡间遇见的"筚篥",显然属于古老的"芦制",即在一根特制的芦苇上钻孔取眼。不仅需要制作者懂得音律,还需要演奏者拥有高超的演奏技艺,更为重要的是,只有这些饱经风霜的演奏者,阅尽了人世的沧桑,才可以传达出如此丰富的人生况味。

遥想当年,这古老的"巴拉曼",作为经由西域传入中原的胡乐,进入宫廷,及至朝野风靡,成为延续至今的民间吹奏者们,源源不断的音乐之魂。

黄昏的光影渐渐暗下去了,巴拉曼的余音未了。树荫、果园、影影绰绰的玉米地,羞涩的少女和在泥土里滚爬蹦跳的孩子们,全都幻影在这场乡村音乐的盛典里了。

四野垂暮,巴拉曼的黄昏,却不忍散去。

麻扎塔格，涉沙而过的河流

告别了麻扎塔格，浩瀚的塔克拉玛干已经从狂烈的燥热中抽身出来，沙漠边缘的一小片树荫下，挤满了一群疲惫不堪的人。夕阳西斜的时候，不知道是汗水还是泪水蜇疼了我的眼睛。我用沾满了沙子的手揉搓着眼睛，视野里昏黄一片。

我们栖身的这一片野生胡杨林，因为靠近了河水的缘故吧，还有一些多余的枝丫上缀满了叶子。虽然看上去坚硬无比，倒也不失一分荒凉里的寂寞。

面前是一条接近于干涸的和田河。在这个季节里的和田河，宽阔的河床上沙坑遍布，有限的几汪水洼，像大地上破碎的镜面，水洼里的天空，陈旧而凋残，使你不忍多看上一眼。而接下来，更多的水洼连缀成片，凶险莫测的河滩上，不知道你的下一只脚该踏向哪里？

由这条枯水季节的和田河，我想到了它上游的两条伟大的支流——分别发端于昆仑山脉的玉龙喀什河与起源于喀喇昆仑山的喀拉喀什河。和田河，旧称于阗河，是昆仑山北坡最大的河流。和田河在穿越塔克拉玛干沙漠之后，与阿克苏河及叶尔羌河汇合为塔里木河。在横跨塔克拉玛干沙漠的过程中，这条孕育于苦寒之境的河流，蒸发、渗漏严重，水量大减，所以我们能够看见一条河流的衰亡，目睹着一片又一片绿洲的消失。

都说河流是孕育文明的母体，沿着这些古老的山系绵延而下的河流，孕育了同样古老的和田绿洲，也诞生了红白山（麻扎塔格的别称）这样的奇特地貌和神秘的文化遗存，套用一句资料上的话说，成就了一处"令人生畏的荒漠景观"。

麻扎塔格，维吾尔语"坟山"的意思。今天的红白山上，汉唐戍堡、烽火台等残存的遗址清晰可见。传说，当年老子骑青牛出关，一路西行，飘摇西方的时候，最终消失的地方就是此处。当然这样的传说已无迹可考。而作为盛极一时的"交通枢纽"，红白山到底是衰落于一场又一场漫长的宗教战争，还是源自于时间的荒芜，更多的谜团，也只有把答案留给时间了。

我说的是沙，是和田河里湿润而黏稠的河床上的沙。我们的越野车，像一头顽皮的小公牛，正憋足了劲，往对岸的河滩上拱呢。在远处的树荫下看着不起眼的水洼，其实牵连着数不清的明流和暗渠，稍不注意，车轮就陷进去了。众人眼看着着急，车拉人拽，嘻嘻哈哈地像一场游戏。可是，同样的游戏，一场又一场，终于使人厌倦了。一行人，七八辆车，呼呼啦啦地爬上对面的河岸。天色已经不早了，想这一大早从墨玉县城出发，长路短停，几乎没有多少喘息的机会，一晃眼，头顶上的太阳就要落山了。

和田河有多宽呢？几公里，还是十几公里？我站在河对岸的一片沙地上回身望去的时候，只觉得水洼闪烁，湿地渺渺，曾经栖身的那一片胡杨树林，像一蓬蒿草一样，几乎可以忽略不计了。倒是麻扎塔格山依然红白分明，在太阳渐渐西斜的余晖照映下，泛射着一层神秘的光晕。

如同对岸的沙地一样，我们涉河过来的岸滩上，依旧是望不到边际的胡杨林地。又有车陷进沙漠里了，大伙下车，一阵推搡后，汽车轮子在沙子里飞快地旋转，倒起的沙尘遮天蔽日，使人不敢近身。折腾了一阵，大多数人退下阵来，只留下几个师傅在研究对策。趁这个当儿，我和几个叼着烟卷的哥们，重新回到河岸上吹一下风，呼吸一点新鲜的空气。我不会抽烟，但我在这个时候特别地欣赏这几个吞云吐雾的家伙，似乎，只有在这样荒绝的处境里，你才能体会到那些明灭在烟头上的火焰，呈现出了另一种与荒漠、老树和这几近干涸的河床融为一体的灭绝感。

我在想：我是不是一个缺乏同情心和集体荣誉感的人呢？当众人们一筹莫展的时候，我的心里却生起了一种坏坏的感觉。我希望陷进沙子里的车轮

越陷越深，陷得越久越好。你想呀，大漠孤烟，荒山枯水，胡杨低垂，斜阳夕照，流沙似火——多么古老的诗意，多么遥远的想往，一下子全都在你的眼前铺展开来。我似乎还忘情地张开了双臂，向着那一轮渐渐西沉的斜阳，高呼着什么来着。完全置一行人的困境而不顾，狼嚎一般地嘶鸣着，畅快淋漓，忘乎所以。我甚至找来了一截枯朽的树枝，拄着它，往沙漠的深处走出了好远，直至听得身后有人呼喊着自己的名字，才转身折返。原来，师傅们就地取材，找来树枝铺在沙子上，让一辆辆车平安地驶出了沙漠的陷阱。

我不禁有些失望。如此袒露的荒漠景观，有人竟然无动于衷。我想，我是一个属于荒野的人吧，一个内心里装满了荒凉的人，当大家欢呼着上车的时候，我却有一种说不出的沮丧。难道，这一路上的凶险，或者灰头土脸，不正是我所需要的吗？

我们所谓的一生的远方，在哪里呢？我知道，在命运的前方，在不舍昼夜的漂泊里，那些凶险未知的远途上，有我遥不可及的风景。

吐尔逊的庄园

这是什么时候了？阳光疏朗地散落在夏合勒克庄园的梨树下面，梨园里的荒草，已经长到齐腰深了，一些熟透或者坠落下来的梨子，在阳光的作用下，散发着难闻的酸腐气味。整个庄园的气息是衰败的，她和这个季节里南疆大地的气息，有些不相协调，草木的荣枯里，见证了万物的此消彼长。作为一座被荒弃的林子，多年来，夏合勒克所呈现的，正是衰朽不堪的时间的荒芜。

我们的目光，当然还是枝头上那些明晃晃的梨子。有人用力地摇晃着一棵梨树，看那梨树上缤纷雨下，树底下手忙脚乱地接梨人，也都展露出缤纷的笑容来。大多数梨子都落入草丛里，能把梨子真正接到手上的人少之又少。人们争先恐后地拥到梨树下来，事先是没有做过练习或预演的，所以在这样的时候失手了，并没有人在意。接住了梨子的人喜笑颜开，一个劲地举在手里炫耀着，没有接住梨子的人，也没有闲着，他们很快就从树底下的草丛里捡回来更多的梨子。不知谁从哪里扯来一根水管子，大家把手中的梨子在水管子上一冲，一口咬下去，满嘴的梨汁，顺着嘴角流淌下来。

然后有人发现，梨子的种类又是如此之多。陪同者不失时机地说，各种梨子大家都可以尝尝。我忘记了问，这个庄园的梨子从来没有卖过，还是早已经过了出售的季节。满林子的梨树上，都是熟透了的梨子。荒草掩映的林子里，还有一些细小的水渠蜿蜒流淌，于这闷热和荒寂的气息里，陡然多了些湿润和灵动。有人一伸手，或者踮起脚尖轻轻地一跳，就把一枚黄澄澄的梨子抓到手里了。有人扳着一根树枝不愿意松手，试图要取下更高处的梨子来。看那贪婪的"蛮腰"和一根倔强着不肯屈服的树枝较劲，不免让人哑然。

我也是一个不折不扣的掠夺者呢。远远地，我就看见了躺在梨树浓荫里的一张木床。木床的颜色早已脱尽了，但粗糙的纹理上却并没有伤痕，看上

去结实、有力和不曾弯曲的完整。这是果园的看护者吗？但与其庄园久远的历史似乎又不相吻合，或者，它应该是一个纳凉者的床榻。但是这么空旷的林子里，哪里去寻找一个需要纳凉的人呢？

不管我怎样费尽了脑子去猜想，木床就这样赤裸着躺在一棵梨树的下面。有好事者先我一步蹿上木床，伸手把一根缀满了梨子的树枝拉了过来，给走在路边上的人来争相抢夺，仿佛这梨子是他的天然赏赐，神态里尽是一种君临天下的满足感。这个时候，梨子已经吃得差不多了，没有人愿意再往自己的肠胃里增加负担，但是那种采掠者的兴奋和痴狂，一点儿都没有减少。有更多的人跳到到木床上去了，以达到和梨子的亲密接触，扯来树枝或者摆出一副采摘者的架势，故作姿态地合影留念。

我几乎忘记了这是一次慕名的造访。夏合勒克庄园的萧条和满园梨树上的丰硕果实，使我误以为这只是一次梨园的体验之旅。在那些并不漫长的时光里，作为一座集政权、族权、宗教权于一体地主庄园，夏合勒克庄园的统治者——十五名"胡加"（即庄园主）早已经烟消云散了。这里曾经是一片权贵云集的庄园群。十五名"胡加"拥有各自用财富和权力建造的华丽园房舍。甚至直到上个世纪的五十年代，大小不一的十四座庄园才被拆除。我们今天踏访的，是这个庄园群唯一一座现存于世的庄园——吐尔逊汗庄园。

吐尔逊号称开明人士，经常来往于印度、巴基斯坦等国经商，后在国外定居。因为吐尔逊汗经常往国外跑，所以把庄园修得精致"洋气"。现在庄园里还完整地保存着一套夏客房，包括了凉厅、藏经房、男客厅、女客厅等。难以想象这些建筑，灯盏，还有书写在桑皮纸上的律法、经典等，虽然经过了岁月的蒙尘，却依然如此完整地呈现着主人昔日的荣华。

一圈走下来，庄园里花木繁盛，有草有树，浓荫处，几近蔽日，桃、杏、梨、桑、樱桃、李子等品类俱全。只是在这个游人稀少的季节里，倒生出了满目的荒凉来。

在南疆，在漫长的黄沙与和田绿洲的交汇处，在时间的巨大洪流中，一座庄园的兴衰荣辱，早已经淡入了历史的风尘。如果说我沉浸在这座庄园满目的荒草和果园之中，不如说我更愿意回到这个炎热的季节里，体会一些寂静的浓荫和无声的草木。甚至说，这些庄园里的花园、客房、水池等曾经华美无比的建筑也不是重要的，只有这荒草和无人看守的梨园里，空空流走的时光，无声无息的坠落才是摄人魂魄的呢。

那些荒草和昔日的花园里，硕大的空旷掠走了大地的喘息，她的生长是如此的缓慢，甚至你无法用一生的等待，去面对一次不期的相遇。远方，永远是无法确定的。远方，永远只是你的下一次。永远无法重复和抵达的地方，才是远方。所以在我们的宿命中，才有了太多对远方永不枯竭的追慕和向往。

尽管夏合勒克庄园仅仅距离墨玉县城十六公里，在我的经验中，她依然是我偏远的远方，偏远得让我没有办法在自己的旅行中真实地找到她。不管怎么说，我都愿意回到这样的远方和乡野里来，这座名叫夏合勒克的吐尔逊的庄园。这么遥远和荒僻的沙壤上，我需要的不是一座庄园，而是这荒野里的沉寂，和无声无息。

寻杏石城子

沿盘山公路蜿蜒而下，山坳里的一小片绿洲上，散落在山石间的房舍，显得低矮和杂乱无章。其时，我并不能确定这就是被称之为"哈密杏谷"的天山乡石城子村有什么别样的神奇之处。因为，在整个东天山的维度和襟怀里，像石城子村这样的"山间平地"数不胜数。河谷或者山间的流水，滋养着时间里的生长，杂树生花，万物有灵，有时，我们甚至没有办法把她们从固有的经验中真实地区分开来。

盛夏里的旅行，教会了我们怎样回到一片树荫里逃避。我们来到石城子村的时候，正赶上午饭的时间。美食里混合着乡间泥土的味道，就连空气里都弥漫着山野的清香。或许，这正是主人们的刻意安排。这顿饭耗散了几乎整个中午的时光，因为所有的饭菜，都是以山村最为原始的方式完成的。所谓粗茶淡饭，是符合这些乡野原则的。而精细的美食里，哪里又能够缺少得了这些来自于土地山野里的粗枝大叶呢？

在大家热烈地用舌尖啧啧赞美并享用着一道道维吾尔美食的时候，我总是在心里犯嘀咕，这个沉陷在东天山狭长山谷里的村子，除了这一顿淳朴的乡间美食，接下来，还会带给我什么样的感动？趁着大家用餐的时间，我有过一次短暂的游离。我悄悄地来到院子里，看着这个干净的院落里，水泥地上一尘不染，水池和台阶上的花盆里，是这个季节里过于浓艳的盛开。我能够知道的是，这个接待点，被一家演出单位承租下来了。然后我沿着院墙，看到了一枝粗壮的树枝伸过墙来，一个废弃的小门，门锁上锈迹斑斑。两个小巴郎子的眼睛，透过一道弯曲的门缝，正好奇地盯着我看。

我放慢了脚步，弯下腰来，也学着小巴郎子的眼神，友好地递过去了。可是，那两双羞怯的眼睛里，一定感到了某种不确定的陌生或者不安全感。

他们只是短暂地交换了一下眼神，便趔趄着往后退去。其中，那个只有四五岁大小的小巴郎子还试图朝着我微笑一下，以减少仓皇间的尴尬和内心的局促。但他的尝试一定没有达到预期的效果，因为接下来，他竟然一屁股坐在了一根树枝上了，连忙从地上爬起来，慌慌地跑开了。

我忍不住笑出了声，不由地向这两个慌忙离开的小巴郎子挥手致意。意思是说，别走呀，我只是想和你们说几句话。我用手推了推半新不旧的木门，一把旧锁之外，还有一道铁丝在门里边拧着呢。就在两个小巴郎子消失的当儿，小院里一下子安静极了，在几棵杏树的遮蔽下，树影斑驳里，我看到了堆积在这个小院的尘土上，弥散着一层阳光般的金黄，是那种富足和闲散的光阴里，弥散的金黄。用什么镀了的，这不曾着色的岁月，隔着一道恍若隔世的小门和炎热的正午，一座荒僻的小院里，两个受到了打搅的小巴郎子惊慌的眼神，然后是这空旷里的寂静。

饭后在村子里散步的时候，我总是在想，也总是试图寻找一些能够让自己释然的理由。小院，泥墙，一层层土坯或者干打垒的院墙里，杏树、苹果，还有桑以及一些我叫不出名字的梨树，全都要涨破了院子似的，争相从土墙上攀接着，使一些空寂的街道拥挤不堪。

偶尔能够见到一些老人在院子里的树荫下聊天，他们一见到我们从门前路过，便都安静了下来，若无其事地等待着我们缓慢地经过。或者，一个扶着门框的老夫人，满目沧桑地打量着这些恍若天外来客的旅行者。

石城子村并不大，几十户人家，大多陈旧的院落里，很少有人居住。这个季节里，村子上的人们多半到城里打工去了，只有到了收获的季节，才能在村子里看到一些采摘果实和收获庄稼的人。我不知道我们到来的这个季节，是不是已经过了收获的季节，还是还没有到来。因为不时从院子里冒出来的树枝上，金灿灿的黄杏似乎无人理睬，又有一些缀满了枝条的青苹果，像一些幻境里的道具，使你的眼睛里无法同时容纳下这些真实的景象——一个山村的繁盛和荒寂，颠倒了四季的秩序。

所以这个炎热的夏天里，石城子村里因为行人稀少，倒显得有几分凉爽了。当然，这样的凉爽还来自于从村子里穿街而过的一条小溪。溪水不知道从哪里冒出来的，大抵是因为村子的房舍和村外的果园、草地并不曾真正分开的缘故，这些绕过了房前屋后的溪水，径直淙淙地流进了篱笆下的草地里。而草木生长，早已经无声地接纳了这些奔流不息的水，竟然一下子找不到了水的源头。

村子外面的一小片草原上，平缓、舒展，就像这个村子晾晒在家门前的一袭绿毯。让人惊奇的是，这样一片干净的草地上，只有几只悠闲的毛驴。远处的几只毛驴是在吃草呢，还是在嬉戏？近处，一定是两只恋爱中的毛驴吧，它们长久地注视着对方，一言不发。无法知道它们就这样无言地注视着对方多久了，只是不忍心打搅，大家躲在远处拍照。镜框里的高天流云，山间松涛和这山坳里的草原上，两只含情脉脉的驴，忘记了这个世界的嘈杂。

我总在想，石城子村是一个意外吗？在返回村子的路上我问自己。我没有赶上春天里的那一场花季。据说那个春天里，杏花飘香，溢满了整个山谷。也许，我永远都不会赶上那个杏花缀满山谷的季节了，我只是在这个盛夏的炎热里，带着一身疲惫，在一片绿荫和溪水的清澈里，有过一次短暂的沐浴。

我回头望了一眼石城子村，草地上铺展开来的绿荫和那个梨树掩映下的村庄，一下子缩小了。她正在，或者已经成为了我命运的远方。

微小的蜻蜓

对于一个早晨来说，最好的礼物莫过于阳光了。伊吾县城的这个早晨，虽然显得有些清冷，但迎着扑面而来的阳光，草地上便有了一些明亮。甚至整条伊吾河谷，你都能听得到阳光晃动的声响，在草叶、树枝和远处山顶的云霞里。

昨天进入伊吾县城的时候，一路上的雨水，并没有影响人们欣赏窗外美景的心情。东天山在雨水的作用下，显得温情而湿润。开阔的山前平原上，油菜花开到天边去了。草地、绿坡，近在咫尺的山岭上的云杉、毡房和并不急于回家的羊群，悠闲的马，雨水的珠帘下面，隔着移动的车窗，一幅又一幅画面完成了自然的拼接和组合。就这样，在汽车的颠簸和缓慢移动中，在一场雨水的胶片里，深藏在山洼里的伊吾县城，完成了一次立体的放映。

我常常想，在我们一生的游历中，需要多么遥远的跋涉，你才可能抵达一座心灵的边疆。有一些地方你满怀了期待，却无法靠近；有一些边疆，远在天边，却在你的一场梦游中悄然抵达。小城伊吾，已经恍惚在我的记忆里多少年，竟然就这样在一场雨水的夜色里到来了。她像我患过的一场疾病，疼痛、恍惚，致命的氧，还有失重状态里的那一种晕眩等等，全都有了。

我说自己是一个患病的人，是因为贪恋了哈密甜瓜和奶茶、羊肉等美食的混合，多年来清汤寡水的肠胃提出了强烈的抗议。一到宾馆里住下，就没有办法走下来了，连晚上的宴会也不得不缺席。我躺在床上温习着这一天的路途和雨水，却不得不忍受着肠胃里的万水千山。其实，我多么渴望着这夜色和雨水下面的伊吾小城，却只能任由窗外沙沙的雨声，搅乱了一夜好梦。

早晨醒来的时候，已是七点多了。折腾了一晚上，腹中空空，大脑懵懵，喝下了一杯水之后，头脑清醒了许多，两腿依然发软。犹豫再三，我还是决定下楼去。我已经错过了一个夜晚，希望不要再与这个早晨的阳光擦肩而过。

　　我忘记了自己是一个病人，也忘记了身处"山里"的小城。穿着一件短袖就下楼了，有一点儿冷。猛地打了个寒战之后，我已经没有再次上到三楼的力气了。迎着太阳升起的方向，我希望找到自己需要的热量。好在这个早晨的阳光如此迷人，我早已经忽略了关于温暖的记忆，径直地走下去，迎着山顶上一泻而下的阳光。有过一个瞬间，我闭上了眼睛，那些光霞里的五彩和斑斓，裹挟了我的身体，在云端漂游着呢。此番，正是所谓的飘飘欲仙。

　　伊吾，应该是新疆最小的县城之一吧！街道上除了几家路边的宾馆，税务和工商局等几乎所有的办公大楼，也都只有两三层高。甚至在居民楼的窗户上，你看不到钢筋防护栏，玻璃上没有浮尘，路面上少有垃圾，走在路边大多没有经过修剪的树丛里，仿佛置身于山间的花园。阳光明媚，心情也不错。

正在这样走着的时候，突然被汪汪汪一阵犬吠惊了一跳。原来是边防支队的院子里，一条拴着锁链的犬，趴在铁栅栏里向着我狂吠。我连忙后退了几步，见那吼声不止的警犬，没有真正要冲出来的意思，才渐渐恢复了平静。是的，突然而至的犬声，是我在这个早晨听到的最为辽阔的声响了。犬声传出去好远，几乎听不到回音，微风吹来的时候，已经沿着天山巨大的山谷，把这些惊恐声音，消弭在悠长的峡谷了。

用不了几分钟就走出了"县城"。河谷的湿地上，几乎是疯狂地长满野草和一些高大的植物。植物们摇曳着身姿，在阳光下的晨风里交头接耳，没有谁愿意在这里大声喧哗，只剩下了这些絮语般的低声交谈。这是一个早晨的呢喃，也是一座山谷里的小城最为动人的脸庞。

而我要面对的是一只蜻蜓的表情。在路边的草丛里，一只幼小的蜻蜓，像一架悬停在草叶上的微型直升机，羽翼上沾满了透明的阳光。我并没有太多的留意，继续往前走着，又看到了另一只幼小的蜻蜓在草叶间飞旋。一只又一只同样幼小的蜻蜓，挥动着风中的翅膀。原来它们是一个"幼小"的家族，或者是另一个品种的蜻蜓家族。我缺少相关的植物和昆虫学上的知识，只是感到了一种发现的欣喜。我蹲下身子，在草丛中发现了更多同样微小的蜻蜓。它们的身体呈青褐色，身体只有我故乡的蜻蜓三分之一到四分之一那么长。我遥远的故乡鲁南平原上，每年的夏天，蜻蜓的翅膀遮天蔽日。蜻蜓的翅膀上，几乎缀满了我的整个幼年和童年时代。

在这片草地上，我以为见到的都是些没有长大的蜻蜓的幼年，却看到草地上几乎所有的蜻蜓，都是保持着这种精巧的体型。这让我惊讶，也让我兴奋不已。

微小的蜻蜓是不是一个新物种的发现或许并不重要，我看重的是这个早晨的微风轻抚，阳光渐渐浓烈地扑洒过来和这个早晨过于缓慢的苏醒。是的，一只微小的蜻蜓，见证了一次我在路上的苏醒。而此刻，我多么像是一个思乡的病人。一条异乡的归途，在无时无刻的想念里，等着你的到来。回不去的故乡和遥远的时光里，这些微小的蜻蜓，仿佛是在一场梦境里穿行。

阳光竟有一些刺眼了。

透过远处的山垭口，可以看到更遥远的山峦，油菜花的山野上，一片金黄。

吾守尔的果园和他的午宴

　　吾守尔一只手捂着胸脯，另一只手不停地向每一个在他面前经过的人挥手致意，嘴里不停地重复着：来啦，来啦！吾守尔看上去五六十岁的样子，一件汗津津的白衬衣上，已经看不出它原来的颜色了。他的手上，不知道是沾满了炭灰还是地上的泥巴。他就是这样以主人的身份，热情而谨慎地招呼着进入到果园里的人。

　　吾守尔说的是类似于河南方言的普通话。不仅是方言，还包括他的神态，都像极了一个站在自己家院子里的中原农民。他黑红的脸膛绽放着温和的微笑，谦逊、憨直，略微的木讷，都恰如其分地表达了主人的礼数和必要的热情。

　　接下来，我看见几个年轻人忙忙碌碌地在厨房间里走来走去。而吾守尔只是肩膀上搭了一条擦汗的毛巾，坐在一棵树底下的朽木上，东瞅西看，看上去很着急的样子，不知道他到底要忙活什么？

　　不知道吾守尔是不是这家果园的主人，但我可以说，这一片果园肯定是一个被废弃了的果园。果园里杂草丛生不说，许多梨树上，除了哗哗作响的树叶子，一枚梨子也没有看到。只是近处的几棵李子树上，垂挂着一些泛着红光的李子。有人伸手摘下，放进嘴里，立马伸长了舌头，可是又忍不住咬了第二口。我也尝试着摘了一枚，小心地咬了一口，味道还真不错，酸中带涩，淡淡的甜味里有一种久违了的味觉刺激。

　　两棵老桑树上，还能够看见零星的桑葚。紫色的桑葚果，在正午的阳光下，泛着黝黑的光。有人说这可能最后一茬桑葚了，甜度降低了不少，口感也不怎么好了。可是，还有人跳起来抓住一条桑枝，满怀欣喜地邀请大家采摘桑葚，堪称一场采葚大赛。这些晚熟在高枝上的桑葚，几分钟的工夫，在一阵嬉笑声中被掠夺一空。那个抓着桑枝的人一松手，丧失了果实的桑树枝子迅速地

弹了回去，旋即来回摇摆了几下，似乎是无奈地摇了摇头。

紫色的桑葚染了众人的嘴巴，也掉落了一地。连带了那些无辜的桑叶，沦为落叶和泥土的一部分了。风不曾穿越了果园的密林，在这里有过片刻的停留。因而闷热的空气里弥漫着一股子甜腻腻的桑葚的味道。

往果园的深处走，已见不到挂果的梨树，只是茂密的梨树林而已。有人循着果林的深处，解决自己的问题去了。也有人要试图走出果园低矮的土围墙，去戈壁滩上晒一晒"太阳"。围墙内的一片空地上，是一些就要干枯的苜蓿草，没有收割，一任戈壁上的风吹日晒，似乎太阳的烈焰，就要点燃了一片熊熊燃烧的荒原。

我站在苜蓿地里，眺望着远处的荒原，地平线上一片迷茫。这里是下马崖乡的一片荒原，远处的烽燧、城堡，赤裸的红壤上，到处都滚动着高温炙烤的热浪。闻着眼前这些干草的味道，我还是不由地从心底里感叹，即便是一座荒废的果园，也足以抵偿这万古的荒原了。

一小片阴凉是我们所需要的。而荒原上亘古不变的荒凉，正是时间留下的杰作。我们需要在这些可怜的阴凉里，躲避一个夏天的炎热，也许，还要忍受更漫长的严冬。吾守尔的果园是一个农家乐吗？如果不是，吾守尔和他的一家子人，在这个果园里的夏天，可真是逍遥呀！

当我们在果园里东游西逛的时候，吾守尔一直坐在树底下的那一截木头上，无所事事，不会与从自己身边经过的人说一句话。他只是那样茫然地坐着，像一个无精打采的人，守着一座空空的果园。

终于等来了每人一盘子羊肉抓饭，外加三个凉拌菜：皮辣红（皮芽子、辣椒、西红柿）、豆腐皮、红油粉丝。还好，我努力吃下了满满一盘子香喷喷的抓饭。

我不能不说，鲜美无比的羊肉抓饭，味道好极了。

就要离开了。不知道什么时候吾守尔站在了果园的出口处，依然重复着我们进来时的那一种姿势。只是他这次说的是：走啦，走啦！

尾音里带着一种委婉的拖腔。

荒原牛栏

　　车子停在了淖毛湖的一片碱滩上，赤野里的高温，竟要使每一片碱壳子都要燃烧了。高温难耐，停车是因为有人发现了高天上奇幻的云彩，拍着车窗要下来拍照。无遮无拦的戈壁滩上，望一眼出去，眼睛都会被蜇得生疼，而终是有人要练一番自己的"火眼金睛"。他们举着自己的"大炮筒子"，对着一片云彩按动着快门。

　　我坐在车子的最后一排，也没有他们那样精良的装备，当然就羞于展示自己的"拍技"了。可是，我也在他们忙着拍照的时候，忍不住地用自己的小"卡片"，偷偷地按了几下。天高云低，深蓝色的天空下，白云卷起的千堆浪，硬是让这些旅途上的幻想家们，拿来作了自己任意发挥的图画板。有人仰着脖子去追一片云彩，有的人，干脆一条腿跪在地上，用那长长的镜头，取那白云里的一次拥吻。

　　我的目光无法长时间地跟着一片云彩在天空里漫游。慢慢地，我的眼神，还是停留在了大地的酷烈和荒寂里。莽苍苍的一片荒原，在淖毛湖，才是刚刚开始。有谁能比一场干旱来得更加彻底，荒原上的褐土里，一片焦渴。

　　突然，有人用手指着一片围栏惊呼。我扭头望去，看见了一个完全用枯死的胡杨木围拢而成的巨大的牛栏，或者牛圈。在满目的荒凉里，这一片呼啦啦的胡杨木围成的牛栏有些突兀，在莫大的空旷里，你似乎找不到与其对应的任何微小的依据。

　　我见过太多死去的胡杨。那些死去后"千年不倒"的胡杨，那些倒下后"千年不朽"胡杨，它们站立、横卧林地上的姿势，无论是烈日当空，还是斜阳夕照，那一番景象总是让人揪心。可是我从来没有见过这么多枯死的胡杨，以集体的方式，站立成巍峨不屈的牛栏。围栏高低不一，有些胡杨甚至还张牙舞爪

着。这些胡杨的残肢断臂，曾经散落在万古的荒原上，在时间的注视下，枯朽，是它们唯一的命运了。那么多死去的胡杨树，曾经一棵棵倒下去，或者顽强地站立着，分担着这个世界提前到来的末日景象。

让我们想象一下这些古老的树木生长的年代。一如黑暗中降临的水草，陌生的猛犸，或者大象，打着响亮的喷嚏，用他们宽厚的脚掌，拍击着大地的鼓面。该会有怎样的风云际会？四野里的风，也挥动着每一片树叶和茂密的植物们一起，加入到夜晚的合唱中来。那些在白天里，被大风鼓动着的翅膀，在这一刻也停止了飞翔。野猪们忙着躲避被追踪的命运，它们哼哼唧唧地喘着粗气，没有一片荆棘是安全的避难所。一群蝙蝠，坠落在森林编织的丝网了。

那些挣扎、奔突，或者安宁里的张望，此刻正矗立在一片焦渴的荒原上。胡杨围成的牛栏，在烈日的强光照射下，反而倒显出了簇新的光泽。这些死而复生的胡杨，再一次找到了相互簇拥的感觉。那些幼小的生长，阔大的怀抱，多么漫长的孤单里，只剩下了这些残缺的依存，成为一头牛或者羊群躲避黑夜的另一道屏障。无法获知这些胡杨生长的真实年代，也无从获知，一棵枯死的胡杨树，经历过怎样的坍塌和轰然倒地。它们无声的殉职，最终成就了一片荒原的寥落。

再往远处看时，隐约可见的牛羊，正在一些虚无缥缈的干渴里悠闲地散步。我无从看见那些深埋在泥土里的草，想必这些牛羊是可以嗅得到的，它们漫不经心地游荡在远处的荒原上。我真的非常怀疑，这些牛羊的真实性，还有眼前的牛栏。谁能保证这不是一次荒原上的"海市蜃楼"？

可是接下来的场景，却让我看得目瞪口呆。在离牛栏不远的地方，我看见了一对母子，正俯身于一口井一样的土堆子上，在酷热和暴晒中，没有任何遮挡和庇护。小男孩有一两岁的样子吧，年轻的母亲两只手倒着从井里边提上一桶桶泥沙，重重地倒在了脚下的空地上。如此往复，车上的人大都看傻了眼。终于有人说，这是在清理一种叫"坎儿井"的地下水。似乎也并不可信，因为同样让人疑惑的是，"坎儿井"的地下工程会非常浩大，而一个年轻的母亲带着年幼的孩子，加上井底下那位年轻的父亲，他们的淘井工程，要做到多久呢？

来不及看清楚这一对母子是哈萨克人，还是维吾尔人，抑或是蒙古人？车子在晃动着前行的时候，有一位同样年轻的母亲，飞快地跑下车去，将一瓶矿泉水塞到了孩子的手里去。说是"塞"，是因为这个孩子过于专注于井底下的父亲吧，面对一瓶突如其来的矿泉水，显得手足无措，甚至还有几分害羞。

车子缓缓启动的时候，那个手里抱着一瓶矿泉水的孩子，终于抬起头来，一脸无辜地看着从自己身边驶过的庞然大物，不知道他的小嘴里，是否说了点什么。而他埋身于提桶淘井的母亲，对于刚刚发生的这一切，竟浑然不觉。

坎儿井。胡杨朽木搭建的牛栏。远处游荡着的牛羊。万古荒原上的这一家人，才让我从这一场虚幻的游历中抽出身来。

烈日当头，晴空高远。当我用手抹了一把脸颊上的汗水时，车子已经加足了马力，向着荒原的更深处，驶去了。

我知道，我们是在去往淖毛湖原始胡杨林的路上。

深夜，开往哈密的火车

将近夜里十二点的时候，从乌鲁木齐开往哈密的火车，缓缓启动了。开往哈密的这一趟火车，是一趟典型的夜行车，七八个小时的旅程，全都是在黑夜的旷野上呼啸而过的。我不明白像哈密这样的"短途"列车，为什么总是没有白天的行程？而对于喜欢坐在火车上看风景的人来说，这黑夜的无眠和铿锵声里，哈密真的就像是一幕无声的电影，一截默片时代的长镜头。

已经好多年没有坐火车了。准确地说，已经好多年没有坐开往哈密的火车了。早年间，隔上几年总要有一次探家之旅，莽莽苍苍的夜色里，哈密总是在我的车窗外一闪而过。那时，哈密对于一个遥远的、总是返乡心切的人来说，她还不是一个心灵的驿站。她只是贴在车窗外面的，那些望乡的夜晚里，灯光下面憔悴的站台，寥落的行人们远去的背影。而此时，哈密还停留在一场睡梦的边缘，她那样轻，那样舒缓，在她还没有彻底地醒来的时候，迎来了那么多急切的到达，然后，又被匆匆地抛在身后。

因为一过了哈密，火车就驶出新疆了。故乡的路，遥遥迢迢，你只有离开了哈密，才算是真正的踏上了返乡之旅。而路途上的那些满含着辛苦的期待与迷茫，才算是刚刚开始。哈密，也总是在这样的恍惚中一闪而过。记不清有多少次，坐在返乡的列车上，总是以一个异乡人的身份打量着哈密夜色中的站台上，影影绰绰的灯光和陌生的人群。在那些被思念拉长的年代，漫长的旅途上，哈密这样的"小站"，她比"快"更慢，比一个夜晚的飞翔，更早地越过了新疆的辽阔和与旷达，驶向了一个又一个密集的故乡。

古往今来，哈密的风吹在新疆的门楣上，哈密的雪，降落在东天上的万千松涛和阔大的山坳间。那些密使、驿站，漫长的驼道，汉唐的风花，长安的雪月，全都弥散在沙洲以西的这一条通途上。由镇西而西域，望长风鼓荡，黄沙漫漫，只剩下了这一条路，向西，向南，或者折返。哈密之境，南北盘桓，东西相望，纵是无望的乡土上，也全都是故乡的杂话，错乱的乡音。一代又一代回不去的故人，或遣使，兵役，官垦，犯屯，或封侯晋爵，离散迷乱。官衙州府和草莽间的英雄故地，朝代兴替时人的命运轻若草芥，又厚若黄土。哈密聚合了这些各自珍惜着自己和家国性命的人，他们一代又一代人，完成了这些荒寒之地上无望中的坚守。

所以哈密的气息和味道是独一无二的，她有别于新疆的任何一个地区。相对于那些在历史的迷雾中打转的人，我更倾心和倾向于哈密的自然风貌，她的山川、草地，河谷和沟壑间心口相传的历史关怀似乎才更为可靠。那些总是以专家、学者的面貌出现，却总是以更大的谬误去曲解历史真相的人，从来没有、也不可能真正触摸到大地上人民的心跳，自然的表情。

而今夜的火车上，哈密的方向清晰可见，我的睡眠却如此轻薄。随着父母的离世，故乡之路于我已经断绝了，空揣着一个"回不去的故乡"，往哈密，这永夜的火车上，再也没有了那种归心似箭的焦虑和等待。我剩下来的睡眠里，只有遥望，从疾驰而去的车窗外的黑暗中，辨析哈密越来越清晰的脸庞。

车厢里的灯光早已经熄了。上铺的鼾声时断时续，我尝试着，让自己也能够进入一场哪怕是短暂的睡眠。我睡着了吗？似乎总是醒着。想来，也应该有过一些睡眠的，要不然，当我睁开了眼睛，车窗外面的黑暗怎么减少了许多？嗓子有点干涩，喝了一口水，再也没有睡意了。我不知道这趟开往哈密的火车上，有没有彻夜未眠的人，我想，我至少应该是在这趟夜火车里第一个醒来的人吧！我裹紧了被子，掀开窗帘的一角，就这样目不转睛地盯着窗外。我想真切地看清楚，这个去往哈密的夜晚，是怎样一点点醒来的。我想用自己不眨眼的工夫，来换取一个黎明的拥抱。

可是，在与黑夜的对视中，我是一个彻底的失败者。我眼睛望着窗外，黑暗中的大脑里，却开启了另一列奔驰的火车，她拉着我跑到了哪个方向去了呢？我竟然一无所知。我身体和灵魂被撕裂了，它们成为互不隶属和毫不相干的两件事物或者两个人，全然进入到一种浑然不觉的无意识状态。等到我的灵魂再一次回到我的身体里来的时候，这一趟去往哈密的列车上，巨大的黑暗已经退却了不少。山丘和大地的轮廓，村庄和河流的身影，已经依稀可见。我想，她们一定像我在这个黑夜里出走的灵魂一样，她们也把自己的灵魂，在这些黑夜里掩藏了，只留下了僵硬的躯壳在大地上漂浮着。

我坐在车窗前，向窗外张望着。昏暗中，明明灭灭的大地上，沙丘起伏，绿洲隐现。我就着这昏暗的光亮，在日记本上写道，大地是苦的，她没有一丝生机。列车继续向东方驶去，正是我故乡的方向。多少年来，我脆弱的神经每每被这荒寒的铁轨牵引着，驶向魂牵梦绕的故乡之境。

而只有这一次，哈密是我唯一的目的地。

此时，我想哈密尚远，就着这昏暗中的光亮，我有过一刻短暂的假寐。

山顶上的云朵

早晨从乌鲁木齐驱车,去往塔城的路上,天空的大幕里便多了一些阴晴不定的表情。总也算是一次长途吧!我有些揪心,这路上的雨水会不会浇湿了畅达的行程。而在心里,又有些默默地想念和期待着,一些雨,久违的滂沱和瓢泼而至。

我想,那一份畅快和淋漓,确实久违了的。

连带着一些故乡和童年的记忆,也一起给抛了出来。山雨欲来时,风摇树动,一些草垛和低矮的瓜屋子上的茅草,就开始按捺不住地撅着屁股飞了。风似乎还动不了这些茅草的根基,那些草垛和瓜屋子上,只是风刮乱了的一些毛发。雨点子铜钱般砸在温热的暄土里。瞬时,溅起的水泡像水汪里浮上水面的鱼儿,憋气般地争相张开了嘴巴,那样急切地张开又闭合着。雨天里的孩子们,很少有避雨的习惯。任那雨点狂野地砸在自己的屁股上,光光的胸脯和肚皮上,都有一种酥酥麻麻的感觉,仿佛一个夏天的燥热,都被这一场雨水给浇灭啦。唯独那雨点砸在了赤着的光脚上,会有一种被钝器击打的酥痒和疼痛。暄土里,早已是深一脚浅一脚的泥汤子了,而赤脚的幼年记忆里,那该是一片多么干净的天空呀!

而想了一路的雨,终是没有如约而至。或者,那一片顶着雨水的云彩,飘到了另一片旷野里去了吧。我没有用心地想那一片顶着雨水的云彩,只是透过扣在脸上的那一副黑色墨镜,有些故作深沉又貌似潇洒地翘着二郎腿,从摇下的车窗里,毫无目的地张望着。其实,面对这些疾驰而过的车窗外的影像,你也没有办法让自己的思绪,过于长久地凝固在一处"风景"里。没有人知道,我是多么喜欢在这样的"幻境"里,来消磨着漫长的旅程——眼睛里的物象飘忽不定,大脑里的风暴也风驰电掣。有时候,你脑子里的小差,

开得比师傅的车还快,跑了多少路,没有烧掉一滴油,却独独地一个人,去了神游八荒的精神故地,全然是一趟不需要盘缠的免费旅游。

　　车子从克拉玛依穿城而过。很快,就缓慢地漂移在一座低缓而又起伏不定的山顶上了。这是一座平缓的山,还是一片广阔的丘陵?我终于记住了一座山顶的名字——索尔库都克。这是树立在路边上的一块牌子上写的,蓝底白字,清晰地印在了我的脑子里。有多么开阔呀!山地平缓,稍有的起伏里,那一条柏油马路,就作了黑色的丝带,舒缓而流畅。我知道这是一些山地上的轻音乐,无声地流淌着。高天上的流云吧,她那样近,似乎伸手可触了,却总是无法真实地触摸到那一抹总是悬挂在天边和山顶上的云彩。

　　是的,一抹天边上的云彩,也总是停留在这些低缓平坦的山顶上。而天

空的轮廓，那一顶巨大的苍穹和弯曲里，不知道是因为天空的逼近还是大地的辽远，你一下子觉得，这些头顶上的云朵，是如此的曼妙温润。在这些庞大的云团裹挟之下，你周围的天空和不远处的山顶，全都浑然一体了。云层时远时近，大地飘忽不定，那快速掠过的云朵里风云变幻，而山顶上的车速一点也没有减缓，仿佛是车子追着云彩跑，也似乎是云彩推拥着车子，腾云驾雾。

　　大地是寥落的，而山野也变得如此虚弱。天空的穹幕之下，何曾有过的千堆雪，卷走了多少岁月的风云。而人呢？我在这条山路上看不见一个孤独行走的人，也少有车辆从山顶上穿行而过。我觉得疑惑，怎样的荒远和高峻的旅途，使势单力薄的行人却步？我在想，美景里往往是一些人生的畏途吧！

更多的人向往美景，却更喜欢热闹，孤单的旅途上你总是难以承受世俗者的观光。当旅游也成为一种消费，并且越来越多地成为一种经济行为的时候，这个愈加繁荣和庞大的产业里，人们内心里存放着的那一点儿孤独感，早已经在你上路的时候，就被赶跑了。所以真正的旅游，我觉得应该属于那些心灵的孤独者，那些漂泊的，远行的，独自行走并孜孜不倦的人。

荒凉的美景，总是在你无法想象的那一处山梁上。可是你无法预约这些时光的闪电中瞬间即逝的旷世杰作，她的存在和显现总是那样辽阔和短暂。你永远也无法想象这些大地上的阴凉，切换着时空的频道，在索尔库都克这样一个名不见经传的山顶上，堆积过的云朵和掠走的，一片又一片阴凉。而山色里的那一点儿苍茫，在云天之间，又算得了什么呢？

或许，只有这样的夏天里，你才有足够的时间和漫长的旅程，来消磨这大片的时光里，白云飘忽的天空下面，空旷的寂寞和毫无遮拦的畅想。似乎，也只有在新疆的长路上，你习惯了山野里的困倦和不知疲倦的奔跑，这些寂寞才会生长出无垠的幻想。有时，你也只是一程又一程地奔波在路上而已。没有人会因为错过了一个夏天，而忘记了酷热中的等待；也没有人会因为一次长途中的困顿，而舍弃一生中不断到来的下一段行程。因为，总是要走，出去，或者归来，你的这点破心思，全都抖落在一些荒寂和落寞的路上了。

我乐意于这样的行旅。一程又一程，往往复复，无始无终。

困倦的羊群

　　阳光，云影，缓缓移动的山冈，远方的视线里层峦叠嶂。大山也应该有自己的温床，那么辽阔的一场睡眠呢，在整个午后的阳光下面，铺展、延宕着。太阳也一定是翻过了太多的山坡，她有些厌倦了奔跑，在云天的背后，高天阔野里的倦怠已经无可阻挡。

　　谁能够阻止一场天空的酣梦？

　　我只能说，在玛依塔斯为我们标识的这一片群山里，我遇见了一场天底下最为辽阔的睡眠。你不能不放下脚底下的行程，赶赴在一场远天的大梦里。依然只是在路上，你没有舍弃的是一个目的地，而大山没有终点，她的睡眠才刚刚开始。甚至没有一只鸟，在车窗外的天空里做一回自由的滑翔。甚至没有草，没有奔跑着的一只野兔，没有追赶和夺命而去的仓皇奔逃。

　　假如我只是一场梦游。我想，我到来的正是时候呢。山路上的时光总是缓慢的，即使你坐在疾驰而去的小车里，你也感觉不到这山野的飞奔而去。是大山过于漫长，还是天空的帷帐里，恍惚如梦？一面又一面向阳的山坡，就这样无限的荒芜着。我的眼睛里铺满了整个世界的阳光也还是荒芜。温暖总是浮在你的眼睛里，内心里的寒冷还是会一点点地浸润上来，就像你无法改变的命运一样。

　　而何曾有过这样的一面山坡？车子拐过了一道

困倦的羊群 | 067

山梁，隔着几十米，还是几公里的距离，一面平缓的山坡上，竟然是一群趴卧在地上的羊。我是不敢在这样的时候，太过于相信自己的眼睛的。我忙着惊呼：那山坡上是什么东西？起初，我以为是一堆石头。有人不以为然地说，羊嘛。

　　在新疆，浮生如梦的漫游里，我见过太多的漫山遍野的羊群，而唯独没有见过一群睡眠中的羊。就像大山的沉睡一样，阳光下的云团里，一群羊进入了一片山野的大梦之中。羊们席地而卧，就坡低枕，也不讲究睡姿的优雅与否，全然只是一场睡眠。山色里的混沌，掺杂了一群毛色鲜亮的羊，而阳光正好从它们的头顶上经过。

　　或许会有一只狗，在熟睡的羊群里窜来窜去，它在追逐着一只蝴蝶或者令它恼怒的另一只飞翔之物。狗在羊群里上蹿下跳，也全然没有影响到一群羊的安然入睡。它到底是一位不速之客，还是主人忠实的牧羊犬？不管怎样，一只狗的出现，总比得上一群羊的酣睡更加生动。

　　一下子，这些山坡上的羊群，将我的思绪拽回到恍如昨日的童年记忆里去了。我的短暂的放牧岁月里，几只羊和一头倔犟的小黄牛，曾经使我幼小的童年里伤透了脑筋。在我放牧南山的那些夏天，阳光酷烈得无处躲藏。洋槐树和荆条棵的荫凉下面，我也曾有过的一些午后的睡眠里，牛羊们不知道去了哪一片梦中的山坡上。当我揉着惺忪的睡眼醒来的时候，还必须赤着一双脚板在细碎的山石间，呼喊着我的羊群。

故乡的山水如此遥远，她如同我的羊群一样远在童年的一场梦里。我这一生没有做过的梦，就是这天边的山坡上，另一群熟睡的羊。蓝天，白云，低缓的山坡上草色浑然，一群散乱的睡眠中席地而卧的羊，像极了天空下面几块干净的补丁。是天空的缝隙，云朵的缺憾，还是万年如斯的大山的残破里，一群羊张贴在远方的风景里？我没有听见一丝风，从它的旁边走过，也没有一块调皮的石头，在羊群和大山的睡眠之中，抬起头来四处张望。

一群困倦的羊终于睡去，整个大山也合上了眼睑。天空的低垂里，云朵的飘荡多么恰如其分，那些舒缓的音乐呢？你才是大地的摇篮上，适时的催眠曲。谁说此梦只应天上有，哪堪散乱草莽间？

我记住了这个荒蛮的午后，一群羊，枕着一片云朵在大地上的酣睡。那些大山的轮廓里，你看不见一片皱褶，你只是睁开了一双眼睛，什么都没有做。在路上，你只有神谕。大地的荒凉里，全是美景的故乡。

玛依塔斯在额敏县喇嘛昭乡境内，即使是一片胡乱生长的石头，也因为这个夏日里的苦旅，在莽原的尽头，你抵达了比西北的天空更加遥远的一场梦境。所谓大国的僻壤，全是莽苍苍的另一派"繁华"之境。

我们的车子正行驶在去往铁厂沟镇的山路上。那是铁，还是山石铺就的另一座人间的小镇？有人顺口叫出了"铁钩子镇"。有意还是无意的口误，都使得我这一趟迷惑不解的山野之旅，有了更多的念想。

我想，接下来，置身何处都会是故乡。因为你在大地的方圆里，你并没有比一场梦走得更远。

沿着一条河流的方向

我们去寻访一片河滩。准确地说，我们是要寻访一条河流，一条名叫额敏河的河流。来到额敏的第二天上午，没有我的课，也没有另外的安排，于是觉得一个上午的时光如此奢侈，便约了另外几个和我一样无所事事的人，去城外找一片河滩上的树林子，散散心去。

虽然不是第一次来额敏了，但大家对这个边境上的小县城并不熟悉。车子轻易地出了县城，却一下子失去了方向。只是大片的玉米地，在一排又一排杨树林的浓荫里，显得整齐和错落有致。出城，便是为了更好地辨认一条河流，或者是为了更好地辨认一条河流的方向。

额敏河的方向在哪里呢？起初是一些树木的遮挡，继而是一座村庄，几间破败的砖房前，消隐在另一个时代的标语依稀可见。我并不以为自己是走错了方向，只是固执地认为，或许那一条河流，一不小心，就会出现在一个村庄和一排房子的后面。

车子沿着一条马路肆无忌惮地驶去。因为愈加空旷的原野上，我们既看不到村庄的轮廓，也寻不见一条河流的影子。好在，我们都知道，车子是在与这条河流平行的方向前行。并且，我们也一定坚信，不管怎样，继续走下去，我们一定会找到那一条似乎是愈加清晰的河流了。没有人相信，这条额敏乡间的柏油马路和那一条被额敏人称之为母亲河的额敏河会毫无关系。甚至，也没有人知道，我们这样无目的行走下去，最后会到达一个什么样的地方。

好在大片的原野上已经不再荒芜，青葱和更加茂盛的庄稼地里，玉米已然成长为这个遥远夏日里的青纱帐。浓稠、茂密，清脆的色彩里，透不过一丝风。玉米的丛林，连接成漫无边际的纱帐和帷幔，成为接地连天的一片辽阔风景。玉米的风景我是见识过的。乡村生活的经验使我对玉米林织成的青纱帐，有着一种特殊的情感，而那密密的青稞里，演绎和发生过的乡村故事，也曾经让一些乡村的夜晚兴味盎然。在玉米还没有以金黄色的颗粒展现出粮食的堆积时，茁壮而茂密的玉米地里，那些青春期里的风吹草动，被漫长的夏日拥堵得寸步难行。

　　想到了玉米，在额敏县境内一片远离河滩的庄稼地里，竟然成为了大家一致的感慨。似乎，每个人的童年记忆里，都曾经有过的一片玉米地。庄稼的意义被改变。一片夏日里的玉米林和那些金黄色的颗粒之间，到底存在着一种怎样的传承和延续关系。

　　渐渐地，坐在车子里的人便起了歹意。竟然周密地计划起来，掰一些玉米棒子回去烤了吃。更有创意的想法还在于，有人竟然想到了乡野的烧烤。掰几个嫩玉米棒子，在田埂间捡一些柴火烧了吃。虽然这样的创意充满了可行性，可是坐在车子里的人，没有一个人付诸行动。

　　这个上午的风，也一定吹动了远处的树梢。那些杨树还是榆树的枝头，轻风摇曳，只是，你再也看不见成片的树林。除了庄稼，在这个季节里，没有一处青葱的风景，会从一片荒芜的田野上飘过。

　　我们的车子试图几次改变方向，以为近在咫尺的额敏河，经由铺满了砂石的石子路上的颠簸，终会呈现一条清冽的河水吧！但是终于人生地不熟，总是不得要领。车子往砂石路上一次次掠过，可是最终又不得不退出来。

　　河流的方向，非但没有逼近，反而是愈走愈远了。见到一个扛着铁锹的哈萨克人，停下车来问路。问了半天，那个热情的哈萨克小伙子连比带划，竟然没有说出一句囫囵的汉话。关于河流的去向，就更加成为一个悬疑的问题了。又有一个骑着摩托车的老汉远远地从对面驶来。他一手扶着车把，另一只手捂着肚子，远远地看上去，好像是一个生病，并且疼痛难忍的人。远远地打了招呼，说明了来路和要去的地方。那在夏日里头顶上戴着一顶皮帽子的老汉，一脸不耐烦地说，河坝吗？往前走上两里路，往东一拐，就是河坝了。他并不能理解我们所说的额敏河，只是觉得那是一条巨大的河坝而已。

　　车子前行，遵照那个指路者说的方向，提前就下了道。其实，这条铺满了碎石子的乡路上，似乎本来是没有路的。

　　我们最先到达的并不是一条河流，而是一座干渴的村庄。颠簸、尘土，夹道生长的玉米林的尽头，终于使我们遇见了一座稀疏的村庄。几个老年妇女坐在一家门前闲聊。见我们的车子扭扭捏捏地驶进村子里来，相互睁大了好奇的眼睛。走下车去搭讪，一位豁了牙的老妇人嗫嚅着说道："河坝吗？

往前直直地走吧，前面不远就是河坝了"。

　　一车人欣喜若狂，以为穿过了这个荒僻的村子，就可以很快见到河流了。往前走，村子里的几户人家，寥落在一条砂石路的两边。院墙高耸，而院门洞开着。一个孩子，把一块石头差一点扔在了车子的后备箱上。而那孩子却也并没有显示出丝毫的不快乐和不高兴来。他撅着屁股把头藏在自己的小裤

裆里，斜着眼睛看着我们的车摇摇晃晃地从他家的门前经过。

干旱是这个村子和大地上的庄稼人在这个季节里所要忍受的苦难。一眼机井在疯狂地冒水，没有人觉得那些冒出来白白流走的水是不正常的。再往前走，村庄外面的庄稼地里，油葵、打瓜的地里，长满了齐腰深的荒草。只是见不到一个人的影子。在荒村的尽头，一个小院里矗立着一面鲜艳的红旗。有人说好奇怪，这里的庄稼人都知道在自己的院子里插上一面红旗。其实不然，我是说，这个小院一定是村部或者村子里集体办公的地方。如今院子里长满了荒草，一面红旗在院子里高高的桅杆上，飘扬着。

穿过村子，再往前走的时候，竟然是一条干涸的河床。额敏河干渴的河床上，堆满了大大小小的沙堆和石坝。我们停下车子，在河床上环顾四周，荒山秃岭间找不到一滴水的痕迹。

我原来设想的河水边上的一片树林子是泡了汤啦。一座村庄，看似斯文和缓慢的节奏里，时间的表情上，早已经显得不耐烦了。当一些人游手好闲地从村子里走过的时候，这个季节里的干旱正在进一步加剧着。

谁能够理解在一条干渴的河床上四顾张望的人？面对一条河流的干旱和荒芜时，我真的觉得自己的内心里羞愧无比。

沿着一条河流的方向 | 073

天边牧场

去往小白杨哨所的路上，其实是一次真正的山地之旅。无论是从额敏县城出发去裕民县城的路上，还是从农九师一六一团部所在地，再转往小白杨哨所的途中，山野连绵，丘陵跌宕，在你眼前掠过的，是巴尔鲁克山近乎原生状态的山地风貌。

此时，在车子爬高上低的山野间，我几乎忘记了自己身在何处。幻境般的边地风光里，我忘记了长途的困倦，一个人，迷失在一程又一程的山野里了。在此之前，我没有想过，巴尔鲁克山这个名字是如何的遥远。她和那些遍布新疆南北的万千山脉一样偏安一处，拥有自己漫长时光里的大寂寞。偏僻或者偏远的自处之道，对于一座名不见经传的山脉而言，像极了人生的智慧——安静、随意、悠长而缓慢。

据说，每一年，属于巴尔鲁克山的那个春天里，漫山遍野的山野间，犹如仙境。而繁花盛开的那一季，总是如此短暂。我没有赶上她的春天，我从盛夏的酷烈里，乘着一抹边地的山风，悄然地到来了。我像一个陌生的游历者，怀揣着太多的疑惑和茫然。对于大多数遥不可及的山野，当有机会慢慢地接近她的时候，我的内心里总是充满了莫名的惶惑、不安和犹疑。你没有办法让自己能够平静地面对一片未曾谋面的山野，她巨大的阴影将你覆盖的时候，你轻若尘埃般的一声叹息，变得多么微小和渺茫。

据说，巴尔鲁克是天山马鹿的故乡，是世界上面积最大的野生珍稀植物"活化石"——野巴旦杏的天然陈列室；是世界独有的兰花贝母生长的摇篮；是羊中极品巴什拜羊的原产地；是中国最大的红花基地。巴尔鲁克山同时是野生动植物的天然博物馆：有雪豹、盘羊、羚羊、黄羊、大鸨、雪鸡、天鹅、灰雁等野生动物九十余种；有贝母、大芸、党参、甘草、芍药、柴胡等中草

药材和野生植物千余种。处于天山和阿尔泰山过渡地带的巴尔鲁克山，似乎也浓缩了两者的精华，丘陵草原和高山峡谷，森林草甸和湖泊河流都别具特色。

　　所有这一切，巴尔鲁克的丰富和博杂，都与我"这一次"匆匆的旅行似乎又毫无关系。我眼里的风景，几乎是一片荒芜。高地寒凉，似乎季节也总是慢了些节拍吧。我看到了山坡上，大片收割后的麦地里被捆扎整齐的麦草。它们应该是大型收割机作业后的产物，不知道什么时候能够被运走？或许要等到今年的第一场大雪到来之前。那么这些空旷的麦地上，将长时间地停放着这些被机器挤压后的麦草了。长方形的麦草，脱离了粮食和生长的需要，在一片山野的空旷和寥落里，有了一些童话的颜色和味道。它们大致有序地排列在一片又一片收割后的麦地上,太阳经过的时候,黄灿灿的麦地上,魔幻境界里的虚拟和真实效果,全都显现出来了。

野果林也应该是存在的。那些河谷里的绿色走廊,总是隔着一些山梁,让你无法真实地打量清楚。模糊不清的房舍和村落,是一些人间的气息吗?那些牛羊的脊背上,泛着一片山野的光芒。荆棘、茅草,或者被我叫不上名字的红色浆果,总是走不到头的漫长山路,就这样和一群无名无姓的牛羊毗邻而居。

红花和雪菊的田野,也在一些低缓的山坡上展开着,似乎到了收获的季节,隐约的人影在那些深红和橘黄间移动着。我心里犹如针扎。长天阔野,是怎样的一些人,隐忍在天边的山野里,寂寂无声的山地间,劳动也是寂寞的吗?他们背着命运里的一片天空,躬身于荒芜的山野,劳作和厮守在一片灵魂般的边疆。似乎,望一眼山野里的风,那些吹动在天边和国界的山梁上的风,就已经足够幸福的了。山不转水转,而人没有移动。在红花和雪菊的花海里,山野的苍翠,有了另一重苍茫和悲壮的颜色。

山河有她自己的归属吗?万物有灵,各有所处。可是,在这里,在巴尔鲁克山漫长和弯曲的山道上,我们总是遇见这些无声的山野里,悠然行走的牧场。一年又一年,贯穿了整个四季的牧场,你很难辨认是哪一场雪或者雨,改变了一个季节的走向。只有这些无法移动的牧场,放牧着天空的牛羊。

在云天之间,你找得到一片云彩和一只牛羊的故乡吗?没有!我们只是这一片山野的过客,你的到来和离去,无法改变一粒尘土的命运。

时光总是悠闲的,在人影稀落的山野间,我总是怅然若失。大地的苦难是没有终点的。遥远、荒芜和时间的空旷,都不能阻止生命顽强的生长和挣扎。我愿意在这样荒凉的处境里,使用"挣扎"这两个字来描述生命的况味。与那些怒放和夺目的生命相比,在巴尔鲁克山,无论是大地和人群,我都能在他们的表情中,看到命运的酷烈和霜迹。除了挣扎,还有哪一种描述,更能够准确地表达我对这些生命的印象。

远在天边的山野,即使是一片荒凉的牧场,也应该是我们所珍惜的。因为你已经没有了灵魂的皈依,那些四季里的流浪,多么需要一片清洁的牧场。

偶遇野马

远远地，几辆车子停在路边。我们的车子也慢慢地靠了过去。几乎没有人发出声音。顺着众人们手里高高举起的照相机的方向，我看见两匹马相视而立。终于有人嘀咕着说，哦，野马，这就是野马！

的确，以我站立的位置去看这两匹远处的野马，确是模糊的，且形迹可疑。我的经验里，野马的飘逸、劲健和飞扬，在这两匹马的身上全无踪迹。甚至它是那样矮小、羞怯，神情里的落寞和沮丧，都使我有过小小的失望。

除了在影视画面里见过的那些在荒原上奔驰而去的野马，其实，十几年间，我在这片荒原上也曾经不止一次地见识过成群结队的野马群。它们或者相互嬉戏着在远处的荒野里腾起一阵黄烟，或者安静地来到马路边的一汪水洼边，井然有序地饮水，然后离去。有过那么一回，野马们结队从马路上穿过，路两端的车辆全都停了下来，人们纷纷下车，远远地注视着它们，那样安静地走下公路，缓缓地隐入荒原。

今天，这两匹野马是因为孤单而显得矮小，还是因为荒原的背景过于辽阔，使得两匹野马陷入到孤立无援的情景之中？这是两个落难的兄弟，还是两位私奔的情人？抑或是为野马群前来探路的两个"侦察兵"？更多的猜测，也许会使我陷入更大的茫然和惶惑之中。

我的困惑还在于两匹野马为什么站在那里一动不动？烈日炎炎，荒原上没有一片阴凉。两匹野马就这样相互凝视着对方，像两个凝固的雕塑般，暗合着荒野里无边的沉寂。我只是在想，两匹野马在浩大的荒原上走投无路，一时间陷入了人类的好奇和围观之中，大概还无从反应吧。我们无法真正懂得和了解这些荒原之子的心，我们的好奇或者同情心，全都隔着莽苍苍的荒原，无法被这些惊恐和孤单的眼睛领会和阅读。我们从残酷的杀戮和追赶中

幡然醒悟。但是，当我们停下了追杀的脚步，希望再一次和这些荒原的主人们，建立一种良性互动的关系时，你会发现，这些从惊魂中逃脱的生命，再也无法平静地走进我们的视野了。

　　大多数时候，野马群远逸在人类的视野之外，那些荒无人烟的原野上，才是野马们的家园。只是，种群的迁徙，部落的征战，或者因为路边的水洼里，存放着野马们赖以维持生命的水吧！野马们总要冒险涉过人类为他们设置的这些通道，横穿马路，从飞驰的车轮和人类复杂的情感注视中走过。

　　野马的驯养和放归实验，在这片亘古的荒原上已经持续了多年。今天，我们有幸或者不幸地与一些散失的野马不期而遇，在烈日和阳光的注视下，似乎谁都没有了去路。仔细想想，荒原才是我们共同的家园。从我们茫然无知的命运中出发，到我们内心里一生都无法退却的荒原，在生命的背景上，我们人类的圈舍，远不比一匹野马来得更加壮阔和辽远。先不说那些被我们丢失殆尽的野性和自由，我们自私、狭隘以及物质化时代欲望的膨胀，在多么迅捷地消弭着我们生命中的鲜活体验。盲目的幸福，在现代化和人类文明进程的双重夹击下，我们的眼睛里，已经丧失了对一片荒原过于长久的注视。

216国道，卡拉麦里。这一条从昼夜的荒原里穿梭来往的"通衢大道"，见证了多少人间的奇迹。似乎，只有这些荒原上不断跃动的生命的奇迹，才是我们需要穿越的风景。

那两匹野马，依然在荒原上伫立着。它们安静得让我疑惑，也让我愈加感到莫名的恐慌和不安。两匹野马气定神闲，它们相互注视着对方的眼睛，似乎在传递着某种特殊的感情或者讯息。终于有等不到奇迹的人，重又开车上路了。他们的惊奇和新鲜感在一阵慌乱的拍照和录影之后，变得了无情趣。最后也没有办法让两匹意志坚定的野马，有过任何表情上的变化。他们上路的时候，不知道是满意而去，还是失望而归。

依然有不断到来的好奇者停下车子，在这片毫无风景的荒原上，锁定两匹孤单的野马。车子竟排起了长队。摄影者的队伍里，有专业的"炮手"，亦有随身的"卡片"，更多的人，端着宽屏幕的手机向着野马所在的方向，急切地扫描着。可惜，我的眼睛在阳光强烈的作用下几乎一无所获。我在放弃了所有的尝试之后，只有远远地注视着这两匹安静的野马。

当我们也终于踏上了行程的时候，两匹烈日下的野马，依然没有要挪动一下的迹象。我摇下车窗，看那两匹野马的脊背上，驮动着刺眼的阳光，无垠又广阔。很快，我们的车子进入到了飞驰的状态，我感到了身后的荒原，也在一起飞驰起来。而野马呢，你没有随着被拖动的荒原一起飞驰，你只是安静地伫立在一片愈加遥远的荒原上，神色安宁。

荒原上的行驶，有时候看似漫不经心，但每时每刻，又都会让人惊心动魄。我无奈地摇上了车窗，眼睛里全是一片赤色的荒原，像这个季节里一团巨大的火焰，燃烧着，奔驰着。

小镇恰库尔图的前世今生

　　就像所有在旅途中陷入绝望的人一样，漫长的荒野上，沙漠、戈壁，黄尘掩映，长风猎猎，你满眼的荒芜里，别无他物。这时候，在你视野的前方模模糊糊，一小片绿洲的幻影，若海市蜃楼，水中倒影，继而渐次清晰，绿树红瓦，饭馆酒肆，吵嚷的人群和拥挤的脸庞，一下子，你又一次回到了繁杂的人间。

　　我说的这个小镇叫恰库尔图。在乌鲁木齐通往阿勒泰的 216 国道上，恰库尔图像一枚绿色的纽扣，贴伏在准噶尔盆地和古尔班通古特沙漠的东北边缘。这个地名连同她的地理方位一样，洋溢着一种异域般的味道。或许，再也没有这样一个遥远处的小镇，被远途的干渴和饥饿召唤着了。

　　想想，作为一个小镇，恰库尔图这么多年来，她既没有长大也没有走远。她是我们搁在路上的一位穷亲戚，出远门了会想起来，回家过日子的时候，会把她忘得一干二净。也真是可怕，有多少年了，从小镇上来来往往地路过了多少次，却从来没有用心地打量她一下。

　　说起来也真是奇怪，就连恰库尔图这个名字，我把她完整地记忆下来，竟然也费了一番周折。起初，我听见开车的师傅说，我们在"恰尔库图"吃饭吧，就跟着"恰尔库图"叫了一路。后来我发现不对，路边的指示牌上，明明写着的是"恰库尔图"嘛，我忙着纠正，也赶紧在自己的记忆库存里清理一遍。谁知，不纠正不要紧，反而越来越混乱。有一阵子，我自己也搞糊涂了，不知道到底是"恰尔库图"还是"恰库尔图"。动手敲打这篇短文的时候，我不得不到网上重新检索了一遍，才敢确认了"恰库尔图"的真实身份。

　　如果不嫌弃那些时光里的陈旧，那些光阴和记忆的荒芜里，恰库尔图这样的小镇，我想一定还会是我的前世今生吧！那么，第一次呢？我想了想，竟然无从记忆。从时间上推算，我想，我第一次在这个小镇上经过的时候，应该是上个世纪的八十年代末或者九十年代初吧。

那是怎样的一个时刻，黄昏了吗？一车人昏昏欲睡，夕阳的晖光染红了天边，没有一个人从昏睡中被惊醒。我抬起头来，无精打采地望了一眼车窗外面。我一眼就看到了成片的杨树，或者柳树什么的，在一些人家的院子和围墙外边环绕着。似乎是一片洼地上的河滩，荒漠尽头的绿树人家。我瞪大了眼睛在车窗外边逡巡着，希图找到更多的惊奇。那个时候，我在新疆的漂游生活才刚刚开始，还没有太多的长途和远足的经验。我的眼睛里，满是这个世界的荒芜。

当时，我们的车子在恰库尔图一晃而过，没有停下来吃一顿饭，或者小憩。不知道是什么原因，在那样漫长的黄昏里，一个小镇上的绿树人影，竟是如此短暂。

　　后来的许多次，早晨从乌鲁木齐出发，大概在两三点钟的时候到达这个沙漠边上的小镇恰库尔图，几乎无一例外地会在这里吃午饭。而午饭，也几乎是清一色的"拉条子"，我们叫"拌面"。最近的这一次，我陪着北京的两位女士和一位小伙子上喀纳斯，到达这里的时候，已经快三点了，在一家回民饭馆，我们每人要了一盘子"拌面"。

　　虽然饥肠辘辘，我还是在心里面犯嘀咕，小伙子不用说，从来没有来过新疆的女士们，能吃得惯这粗碟子大碗的新疆拌面吗？吃饭前，我征求了一下大家的意见，要不要吃大蒜？因为我知道，吃拌面不就着大蒜，那感觉也就差得远了。但我在征求意见的时候，却是从卫生和安全方面考虑的。看着北京来的小伙子和女士们就着蒜瓣那拌面吃得嗞嗞啦啦地响，我心里的石头，也慢慢地落了下来。

　　吃拌面的当儿，我看见了老板的吧台上摆着几块石头，上前搭话，老板说石头是一位朋友放在这里玩的，不卖。我试着和他讨论了一块石头的品相和成色。他笑着说，你是行家呀。我说，我喜欢石头，并坦诚地跟老板说，你朋友的这几块石头都一般般，自己玩玩可以，卖不出好价钱来。老板便显得有些窘，不好意思地说，我们也只是玩玩而已。

　　这家回民饭馆的生意不错，虽然已经过了中午就餐的高峰期，但馆子里依然座无虚席。从熙熙攘攘的座位间穿过，我出门站在饭馆的台阶上，往恰库尔图的大街上打量了一下，见沿街的饭馆门前停满了车辆，人们从长途的奔波中，从旷远的虚无和幻景中，来到这个沙漠的小镇上寻找一顿人世间真实的味觉和肠胃的安慰。

　　整个恰库尔图，也似乎都沉浸在这样一场即时的盛宴和狂欢之中。各家餐馆和饭店的灶头上，是拌面的摔打和铁锅里滚沸的面汤。成群结队的食客，也就是这么一阵子。等到夕阳西斜的时候，过路的客人就像一阵风一样，从恰库尔图的街道上消失了。接下来，是漫长的沉寂和等待，等待着第二天的客人们再一次蜂拥而上。没有人想到，这看上去热闹非凡的嘈杂和喧哗，却是如此的短暂。因为你注定只是一个远方的驿站，而不是终点。

　　是的，恰库尔图是微小的，在庞大的地理方位和时间坐标里，恰库尔图注定将会一次次地被抵达，然后一次次地被彻底的遗忘。

夜宿北屯

　　到达北屯的这个夜晚,一定有过一场大风提前来过了,街市的门面和招牌上,不免有了些风尘仆仆的迹象。或许是迫于夜色,北屯的灯火中,多少是有些困倦了吧。记得十多年前,小城里不夜的灯火,曾经在我的醉眼里不辨东西。今夜,我只认得这些小城夜色里往事般陈年的旧光,那些呼朋引类的额河大曲,也已经在酒香里飘散了。

　　下车,去往宾馆的路上,雨点儿也适时地飘落下来。我忙用手遮挡了一下,固然是徒劳的,雨点儿打在脸上凉丝丝的,也好不惬意呢。我望见了昏黄的灯光下面,雨线织成的丝帘,斜斜地扯下来,透明的雨帘儿,也无法被微风掀动,只被那色彩的灯光照了,多了些迷幻的意味。脚底下湿湿滑滑的,便有人踉跄着脚步,往宾馆的台阶上奔去。

　　我们入住的,竟然是"新世纪商务酒店"。从停车场到酒店的这段路上,零星的小雨,还没有把远途的疲倦一扫而尽,些许的兴奋,借着酒意,竟蹒跚了。和我一同入住的北京作家,显然是见过了大世面的人,他对北屯这样的边地小城,有一些隐瞒不住的好奇和新鲜感,却也从骨子里,透露着大国首都的气宇轩昂,有一些见惯不怪的随意和适从,倒也显得入乡随俗。只是他说的一句话我印象深刻。房间里插座不能用,灯光关不掉,他摆摆手说,小地方嘛,就这样。我知道他的意思是说,别

介意呀，这么偏远的小地方，我们去的多啦。我想起了酒桌上的一句玩笑话，就接着他的话说，这北屯和你们北京有亲戚呀！他问，什么意思？我说，你看吧，北屯和北京，都姓北吧，无论是京——屯还是屯——京，好像都是一个辈分的呢！他听后哈哈大笑，说，还真有点亲戚的意思。我接着说，只是这北屯的老百姓大多没有去过北京，在他们的眼睛里，北京又是何等的偏远呀！

　　玩笑归玩笑，这窗外的雨水还没有停歇呢。我轻轻扯了一下窗帘，玻璃窗外的灯光雨影里，小城的夜色也渐渐迷离起来。都说雨夜思故人，置身这北屯的夜雨声里，我想起了一位已经在几年前作古了的小城文化名人——原农十师文联主席杜元铎先生。杜先生嗜酒，也从不忌讳自己喜欢女人，是一位古道热肠的文化人。那一年我写《行走阿勒泰》这本书时，在阿勒泰的几个县市间转圈。原计划是没有北屯的，因为当时北屯还没有建市，也不属于地方上的建制。但我在阿勒泰市里住了几天，就想念这位老朋友了。我打电话给老杜，说杜老师，我想来北屯住几天。老杜操着一口爽朗的河南腔笑着说，早知道你到阿勒泰了，正准备跟你联系勒！他问我住在哪里，要找车去阿勒泰市里接我。我说不用接，他们会把我送过去的。

　　记得那一天中午，老杜请我吃的是蘑菇炖小鸡。他说，晚上请你到家里吃饭，让你大嫂子炒菜，二嫂子陪你喝酒。我知道老杜喜欢开玩笑，他大概还不知道我能喝多少酒。便忙着说，我喝不了酒的，沾酒即醉。我知道老杜是个"酒鬼"，我得给自己打打埋伏。老杜见我如此惧酒，便豪气地说，晚上请你喝茅台！我只当是老杜的一句玩笑话，并没有往心里去。

　　果然，晚上老杜的家宴上，有一位美丽的女士，还有几位老杜的学生。老杜没有食言，他忙吩咐说，我要请郁笛喝茅台的，上酒。那女士不知从哪间屋子里取来一瓶茅台酒，打开，满实满载地倒上了。我本是不喝酒的。这是我来阿勒泰给自己立下的规矩，因为要在阿勒泰的六县一市转下来，如果不行酒禁，怕是后果不堪设想的。但老杜的酒我不能不喝。推杯换盏，不一会儿，老杜终于酒后吐真言了。他笑着说，早知道你这么能喝，就不给你上茅台了。因为，老杜的这一箱茅台，是一个学生送他的礼品酒，只有两个大瓶和一个小瓶。喝完了茅台，老杜说，现在开始喝"额河大曲"，让你尝一尝土酒的厉害。

　　酒酣耳热，哪管得了是什么酒呀。想想，真是一个畅快的夜晚。

　　只是今夜北屯的窗外，雨声纷然。小城夜雨疾，故人已辞去。我的思绪，

一时还无法回到床头的灯光里来，止不住的，还有心底里隐隐的哀痛。

我不得不关闭了床头的灯光，忍受另一张床上此起彼伏的鼾声。想一想，一个人寄身何处，哪里的一张床上都可以安置的睡眠，是一件何等的幸福之事呀！

我没有等来更多的雨水，我的睡眠把我从一场虚梦里引渡了。等我醒来的时候，窗外的阳光扎眼的刺痛，好像昨天夜里的那一场雨，只是我在北屯做过的一场梦。

布尔津河的火焰

　　此刻,我站在布尔津河谷的台地上,看见了一条如此安静的蓝色绸带。她和我一生所要到达的梦想如此接近,那些蜿蜒的蓝色——深蓝、浅蓝,涂抹了早晨霞光的火焰般的蓝色里,一条河流如此安静地迎来了黎明。

整个布尔津河宽阔的河谷里,似乎也只有这寂静的声音,陪伴着一条河流的缓慢苏醒。是的,整个布尔津河谷里,遍布着白桦、柳树和新疆银灰杨的幼年、成年和老年时代的群落和部族。这些千百年来不曾消失的古老植物们,与一条缓慢的河流相生相伴,仿佛这才是时间和光阴的节奏,没有大江大河般的奔泻而去,只有千年不变的光阴里,生命的繁衍。我们看不见一棵树,哪怕是一株野草的消亡,那些生命消失得如此隐秘,就像我们从没有看见过一粒种子,在暗无天日的黑洞里缓慢地生长、发芽。

我知道布尔津河,是新疆另外一条更加著名的河流——额尔济斯河的支流。只是在布尔津境内的这一段,被称作布尔津河。不知道为什么,从第一眼遇见她的时候开始,我就毫无缘由地喜欢上了她。或许,是这个黎明我醒来的过早,从她幽深的灌木、林涛和田畴间,漫溢在堤岸上的寂静里,一条河流的秘密被我撞见了吧。那么,大河滔滔,不息的奔流中这些远徙而至的水,又是怎样变得如此安静的呢?一个夜晚,是否足以承载所有的黑暗?而晨光里的这一份安宁,如此广袤,我甚至没有办法把她们中最微小的那一部分,带上自己的旅途。

我还不能过多地贪恋这个早晨的寂静和安宁,我必须离开河岸,向着更广阔的滩涂和荒芜走去。这几乎是我一生的宿命。在路上的时候,我每每被这些陌生的境遇和神秘的土地弄得精疲力竭。我没有办法让自己安静地待在一个地方,我必须不停地上路,然后,为自己躁动的灵魂,寻找片刻的安宁。

当我这样满怀伤感地踏上行程的时候,我看见了河谷里茂盛的灌木和高低错落的次生林,愈加清晰了。而那一抹静止的蓝色河流,就要漫上了河岸,她同时也凝固在我们奔跑中的车窗里,一幅幅缓慢、忧伤,不可遏制的断裂,忽远忽近。

贴近于河谷的另一侧,是一面几近于荒芜的山坡,遥看近却无的斑斑草色,真的就显得微不足道了。巨大的山梁上吹刮下来的一股股寒气,不知是来自高处的寒冷,还是来自这些河谷里的阵阵清凉?陡峭的山谷里,总又有一些平缓和开阔的地带,植物和庄稼们没有辜负这个短暂的季节,她们以各自静止的姿态,与布尔津河谷迎来了同一个黎明。我想象着那些即将到来的中午,那些雀跃着的植物和庄稼的头顶上,热烈的拥吻还没有到来,蜜蜂和水鸟们煽动着微小的翅膀,在灌木和植物间奔忙的身影,已经若隐若现了。

只是这个早上的晨晖里,还会有几分凉意夹带其中。车子弯过了几条山路之后,隐匿于林涛和灌木之中的布尔津河,始终没有离开我的视线。那一抹冰凉的蓝色水面,也始终牵引着我的目光。我不敢在这样的时刻使我的眼睛稍微地离开河面,有时候我的目光游走到另外的地方去了,稍稍有点儿远。当我担心真的一下子回不来时,便用眼睛的余光,偷偷地瞄上一眼河面,见她依然在谷地的林涛间穿行着,就又贪心地把目光伸向了别处。

葵花,大片大片的葵花,就是在这个时候进入了我的视野的。那些几十亩上百亩地的万千朵金黄色葵花,在河岸边的山地上竞相怒放,也似乎只有这些早晨,这些阳光的粉尘,在旷野的清辉和空寂中弥漫。我无法细数着这些金黄色的花瓣上,火焰般燃放的寂静的呼喊,那些远处和近处的灌木与植物,也全都悄无声息地降低了自己的声调,躲避到一些隐蔽的低洼处去了。葵花们蜿蜒着几十公里的山路,隔着一片灌木和植物的距离,她们与那条寂静的蓝色布尔津河遥相呼应,秩序井然。

这些色彩的火焰,看上去并不浓烈,在高远的天空和一些低矮的山峰衬托下,整个河谷里,显得热烈又安静。

我总在想,远在路上的人们,该怎样去安慰一片遥远的风景?似乎永无止境的远方,也总有你停歇下来的时候,这些路上的停歇,挽留,一次次感动和心灵的叹息,不才是你真正需要珍惜的吗?你窥见了一条河流的秘密,她的斑斓和简洁,她的安宁和怒放,有如布尔津河谷里的简单和繁杂,她宽阔的谷地,茂盛的植物,蜿蜒而去的葵花地,荒芜的山冈上冷风习习,蜜蜂们微小的翅膀上,携带着多少尘世间的寂静和明亮。

所有这些神谕般的遭遇,你都无法将她们哪怕是最微小的一部分带上旅途。也许,你能够实现的,只是这一掠而过的惊羡而已。就像此时此刻的布尔津河,她的蓝色火焰和金黄色花瓣,正在一条遥远的河谷里,独自绽放。

老房子里的旧时光

九月的库车，依然让人难以感受到秋日的凉爽，阳光如同这个季节里古老记忆的一部分，像那些旧时光里喧腾或者坚硬的泥土一样，明亮而又热烈地盈满了你的眼目。我说的当然是晕染着旧时光的库车老城。泥墙、深巷，院落和人家，你几乎找不到哪一方景物里，没有附着了泥土的颜色、气味，和她千百年来不曾沉落的历史的光亮。

几乎每一个到访库车的人，都会被告知要到老城里去逛一逛。

去寻找老房子，古民居。让我没有想到的是，老城里竟是如此的安静。幽深的土巷和喧哗的街面似乎相距并不遥远。在一些并不规则的巷子里我只是随意地走着，偶尔有一位裹着头巾的维吾尔少女，从虚掩的木门里朝外望上一眼，两位同样戴着头巾的老妇人，手牵着一个小女孩，在窄窄的巷子里平静地走着。隔着不远，就有一座馕坑，一些年轻或者中年的维吾尔人，一条腿盘坐在馕坑的边上，那些大若锅盖的馕饼，不时被从馕坑里取出来，摊放在跟前的案子上。冒着热气的鲜馕，金黄，明亮，飘散着不可抵挡的诱人的面食的香气，在街道上弥散。

此时，阳光在这个上午，也显得温和了许多。我看见一些古老的树木，从一些土院里伸出遒劲的老枝，枝叶间苍绿和阔大的浓荫，覆盖着整个小院和半条巷子。我们连去了两家被称为"古建筑"的民居，由于没有县文物部门的文件和通知，而不得入内。趴在门缝处往里看上几眼，也只是瞧见了一些斑驳的老墙上时光的旧影，不得不悻悻而归。

连续的碰壁之后，我们有一搭没一搭地随意在巷子里走着，并没有了要刻意进入哪一家老宅里，去一探究竟的强烈愿望。走着走着，我就被一家敞着门的老院子吸引了。似乎，院子里没有人。我们径直踏入这家有着天井的

四合院式的人家。几个人忙着拍照的时候，从一间屋子里走出来一位中年维吾尔男子，他对我们的不请自进，似乎也没有表现出太多的惊讶，也许是习惯了被参观吧。他来到院子看了一眼，就又回到房间里去了。

　　这是一座修建于清末民初的老房子，虽然房子只有一二百年的历史，但从建筑风格和建筑布局上可以看出，是中原汉文化和龟兹文化的交融与融合。整个院子的回廊、廊顶和廊柱都烙印着深厚的汉文化的建筑风格，而上面描绘的古龟兹花卉和飞鸟图案，使得这座看上去有些破败的院落显得古老而又现代。院子有些破落了，廊顶上有些塌陷迹象，泥墙、木雕上也落满了岁月的灰尘，柴草和杂物堆满了一些废弃的房间。

　　没有经过主人的允许，我们无法进入他们居住的房间。只是在一些废弃的房间里，隔着朽坏的窗棂和门洞，看见房间里的壁橱、灯台等当时房间的布局，想象着它当年的恢弘气度。

　　在一间临街的房子里，我看到两个被打通的房间。显然这是一项正在进行的施工。地上的木屑和草泥，一面墙上被打开的门洞，斜吊着的一扇木门，

却唯独不见施工的人。难道那个从房间里露了一脸的中年人，正是这一项工程的施工者？我难以断定，这个房间里的改造，已经进行了多长的时间，它显然没有经过设计和工程规划，是手工时代里的匠人手艺。看看周围时光里的沉寂，似乎也没有多么急切的需要。甚至关于房间，是不是需要改造，改造后的目的是什么，以及什么时候能够完工等等，我看不清答案，也找不到尽头。也似乎，这些附着在时间里的漂浮物，你无法更确切地赋予它具体的意义和象征。

不知道为什么，此时此刻，我从内心里欣赏这种老房子里的慢施工。缓慢的，甚至是停下了脚步的旧事旧物，才和这深巷泥墙，和这古树颓院，若隐若现的时光般的脸庞，有了一种沟通古今的默契与暗合。我欣赏着的，不是这时光里的停滞和无奈，是你幻梦般的前世今生里，一场贯穿了生死轮回的大寂静。

想想，我也是去过了一些老城的，去过了一些沉睡在历史里奄奄一息的老城，也去过了一些被过度保护和开发后的老城。一些颓败和带着一张假面具的老城记忆，总使我在面临库车老城时心怀忐忑，唯恐我面对的又是一个失去了自己鲜活生命和记忆的老城。旅游，或者观光产业的兴盛，使得我们对那些原本沉静的老城旧街，生出了许多恶念。在巨大利益的诱惑下，一些老旧的时光，正在被驱赶着，切割、碾压，踏上了一条不归之路。

正如我们看到的一些崭新的城市，街道、楼房，花池和树木都显得整洁而干净，你看不到一片旧物，一棵古树和一些上了年岁的房屋。而一座城市，不管现代化的进程多么耀眼，缺少了这些旧事物的观照，就像缺失了记忆的人一样，总是病态和浅薄的。我们需要这些城市的生长，我们也同样需要拥有自己的历史和文化记忆。

想必，库车老城，是活着的。她至今一直没有失去自己的记忆，她的生活、手艺，也一直没有中止过。

午后的陶

　　摊开了一览无余的阳光，库车老城的街巷里，弥漫着一股泥土和桑叶的混合味道。阳光在这些午后，显得无所事事，她似乎在等待着有一些尘土的泛滥，或者一些风，从巷子的深处传来。高处的土墙和低矮的院落，也早已放弃了一个上午的争吵和喧哗，此刻，正陷入一场漫长的寂静和等待之中。

　　我的脚步，小心地踏在寂静的深巷里，有过一些短暂的疑惑和迷茫。这些蜷蜒在时光深处的人家，门楣上大多保留着泥土的印迹，但这些虚掩着的门里面，真的有我们所需要和想要遇见的脸孔吗？

　　我们敲开吐尔逊家的高大铁门的时候，院子里就是这样按照阳光的秩序，整齐摆放着等待晾干的土碗和花盆。翻译说，这些都是订做的，也是这些老城里制陶人赖以为生的手艺。看上去有些粗糙的泥制土碗，晾干上釉后，在自家的土窑里烧制了，就是饭馆里用来盛放抓饭和拌面的最为重要的器皿。仿佛，那些喷香诱人的拌面和抓饭，就是专门为这些粗劣的土碗而准备的。我在南疆的饭馆里，不知道被这一碗碗拌面和抓饭，喂饱了多少次。现在我看到这些躺在院子里的碗，整齐地排列着，泛着泥土的光泽，新鲜而饱满。

　　那些花盆呢，是一些城市的街道和园林里，最为密集的摆放。鲜花簇拥着的街道，一些楼台上的艳丽和怒放，全都是这些相貌简陋的花盆托举着的。我在吐尔逊家的院子里，看见这些花盆和大碗们，安静地列队在午后的阳光下面，像一些等待出发的士兵，集结待命。

　　我们来到另一间屋子，这里好像是制陶人吐尔逊的作品陈列室。陶制的洗手壶（阿不都）、接水盆（其拉布奇）、水缸、油灯、烛台等等，摆放在一个落满了尘土的土台子上。我一眼就看上了一个花瓶，墨绿色的釉面上，是一束素雅的玫瑰花，稚拙而精巧，呈现着一种古老的土陶和工艺的光彩。

我让翻译问了一下价格，吐尔逊犹豫了一会儿，说，一百元！我没有还价，因为我也不知道这些延续到今天的古老工艺，到底能值多少钱？

显然，我的问价激发了吐尔逊对自己的这些土陶作品更多的自信和骄傲。他飞快地从旁边的一个大木箱子里，翻找着一件件已经用草纸包好了的油灯、花瓶等工艺品。他通过翻译告诉我们，这些东西都是打包运往外地的。运往哪里呢，吐尔逊却怎么也不肯说了，似乎这才是他最大的秘密。

看到一些陶器上鲜艳的釉色，我不禁好奇地问，这些颜料是哪里来的呀？听懂翻译的疑惑后，吐尔逊不无激动地告诉翻译，他家里这些陶器上的釉色都是纯天然的，至今他没有使用过任何现代染料。说着，吐尔逊把我们带到院子里堆着的墨绿色的矿土跟前，他说，他们家几代人制陶使用的颜料，都是用这种从山里挖来的矿土和山土，从来没有添加过任何染料。我有些纳闷，

那些陶器上鲜艳的色泽，与这堆浑浊的山土有什么关系呢？我通过翻译向吐尔逊表达了自己的疑惑。吐尔逊摇着头不无幽默地说："这个问题嘛，嘛达没有，但是不能给你们说。"我听后愕然，微笑着摆了摆手，以示尊重。

据说，在库车老城里，每一个制陶人家都有自己的土窑。吐尔逊家里也不例外。在院子的一角，吐尔逊家的土窑敞开着，似乎还会有火焰的气息从土窑里蹿出来。只是这午后的阳光，犹如一团更大的火焰，就要将这土窑也一同融化了。土窑边上堆着一些残破的陶器，有碗、盆，也有一些扭曲和炸裂的工艺品，杂乱无章地躺在院子里的阳光下。我走过去，拿起一个有些变形的小花瓶，看着它扭曲的神情，也让自己感到难过。我把它从那一堆残陶里拿出来，放在土窑的高处，希望它还能再一次引起主人的注意，获得一次重生或者修复的机会。

毗邻着土窑的，是吐尔逊家里的一片菜地。我注意到这些菜地，整整比院子——也就是土窑所在的位置，低下去了一两米。我没有问，这是不是因为制陶取土所致。菜地里，有一些豆角和辣椒什么的，在空旷的院子里生长着，但显然，这不是一片被精心照看的菜地，甚至看上去有些荒芜了。

这些菜地在院子的低洼处，上下都需要一把梯子。我在想，这些凹下去的土，都去了哪里？是一批又一批陶器，经过土窑的火焰，被运走了吗？现在这里，只剩下了泥土和陶的影子了。那些斑驳的往事，和泥土下的呻吟，阳光的瀑布，多么密集而热烈地照射过的泥土呀，现在和这一院子的陶，有关系吗？

太阳总是恰到好处，整个午后，这样的浓烈和均匀的阳光，撒遍了吐尔逊家的角角落落。那些已经完成了烧制，以及还在晾晒中的陶，全都在无声里享受着这个下午的时光。不管怎样，陶的命运已经被注定，它远处的泪光，在隐约里闪动。似乎我再也听不到一些泥土的呼吸，那些烧干和晾干了的陶，是怀着一把火焰和阳光的泥土，即使它不再散落，它的气息已经远走他乡了。

吐尔逊的院子里，房间里，到处都是泥土和陶器的味道。那些簇拥在院子里的陶器，使这个院子里显得异常拥挤。在吐尔逊的制陶作坊里，那些古老的工艺和制陶器械上，也全都沾满了泥土，就像吐尔逊那一双干裂的手，一经泥土和水分的黏合，便迅速地转变为一双灵动的手了。在这些简陋的器械和粗糙的制陶人的手里，泥土转换为另一种形态，没有人再来关注，这些泥土的往生。

热斯坦街上的敲打声

有一些尚未散去的地气,还是这个早晨的阴霾,热斯坦在一条深巷的虚无中,变得烟雾缭绕。隔着一条巷子,我就听见了叮叮当当地敲打声,从晨雾和潮湿的泥土中传来。这个寂静的村庄,是从这些敲打声中醒来的吗?

其实时辰已快到正午了,整条街上还是如此的安静,许多人家的大门上都落着一把锁子。我们在老城的另一条街上,原本是要寻找一家用油渣制作土肥皂的人家。我们围着院子转了一圈,前后门都锁着,隔着铁门和雕花的栏杆,我们只是瞧见了主人家宽敞的院子里,树木葱茏,花草繁盛。楼台上积木般簇新的木雕,更是吸引了女画家的目光,车子已经发动了,她趴在围墙的栏杆上却久久不肯离去。

接下来，我不知道我们要去的地方，就是隐匿在雾霭中的热斯坦。即便是半条街的空旷和迷雾，也不能阻挡了热斯坦从悠远的寂静中传来的，来自于铁器时代的敲打声。我首先看见的是一匹马，拴在马路对面的杨树上，悠闲地甩着尾巴，不时仰头瞅一眼不远处的麻扎（墓地），云烟缭绕的雾气消散中，一阵响亮的喷嚏声，穿过杨树下东倒西歪的玉米秆，在远处的树梢上晃动着。

另一匹马呢，它已经被牢牢地固定在两根木桩上了。它的另一条腿，也被一根绳子绊起来。实际上，此时此刻，这匹羞愧难当的马，正在等待一次来自于乡间的手术——钉马掌。它低低地垂了自己的眼睛，努力地转过头去，不让人看见它目光里的躲闪。一匹马的羞愧无处躲闪，像是一位乡间里遭到了羞辱的女人。我知道，在这条街上，没有人意识到一匹马正在含羞而立。

隔着一道院门的距离，草棚子下面的炉火里，是一副被烧得通红的马掌子。炉火烧得通红。然后，那一架安装了电门的沉重铁锤，在铁匠斯德克·马义的操练下，飞快而沉重地击打着一块由红变黑的铁。43岁的斯德克·马义清瘦的脸庞上，须发丛生。与他不曾修饰的脸庞一样，那些火焰和煤灰的颜色，在他沾满了汗水的脸上、身上，随意地涂抹着。每一次，在电锤飞快的击打过后，斯德克·马义都会用钳子夹住了渐趋成型的马掌子，转身在一块铁砧子上，一刻不停地敲打着，使劲地把那块铁，往一副真正的马掌子上赶。

斯德克·马义脸上的汗水和铁锤下的火星子，溅落在一片煤灰和铁屑里了。在电锤巨大的轰鸣和炉火的炽焰里，斯德克·马义总是咬紧了牙关，发出嗨哟嗨哟的声音，与手里铁锤的节奏一同起落。在斯德克·马义转身去侍弄炉火的时候，我回过身来，往他的小院子里望了一眼。院子里有些杂乱，到处都堆满了残破的铁。那些废弃已久的铁，或许也在等待着这一堆熊熊的炉火，浴火重生吧。

斯德克·马义几乎是没有停顿地完成了几副马掌子的打制。最后，每完成一个马掌子，他总是很潇洒地把那椭圆形的铁，从钳子里不经意地往地上一撂，装作若无其事的模样，又去忙别的去了。

他能够忙什么呢？那一匹早已被固定的，面含娇羞的马，是他接下来要忙活的对象了。他蹲下来，手托着一只马掌，轻轻地用小铁锤敲打几下，用一把特制的小铁钳，熟练地取下那一副快要磨穿了的老旧马掌子，把那块磨得发亮的铁不屑一顾地扔在了一边。然后，他的手里不知什么时候出现的一把锋利的刀片，在那只积满了尘土和铁锈的马掌上平缓地削着。有人说，这活儿有点儿像洗澡堂子里的修脚师傅。

可是，这高高抬起的马蹄子上，需要的不仅仅是美容。刚才还在铁砧子上嗨哟嗨哟地使蛮劲的斯德克·马义，此刻正在耐心地为一匹马修脚，为它量身定做一副合适的马掌子。我一直觉得，他手上的那一把小铁锤，像极了一把手术刀。同样是咬紧了牙，发出了一声声嗨哟声的斯德克·马义，此时变得小心翼翼，他下手时那样轻，那样舒缓和精准，他的眼睛里已不再是凶狠的铁，而是一只充满了生命温情的马掌。

我第一次面对一匹含羞而立的马，在它的身体里被钉入铁钉。原来，这尖利的铁钉只是钉在马掌的角质层里，而这一切，马并无痛感。可是我转念一想，就像穿了新鞋子的人一样，有没有不合脚的马掌子呢？这一切，都有赖于一个铁匠和一个钉马掌子的人，合二为一的慈爱和匠心。

钉好了马掌的马，重新回到地面上，头昂得似乎更高了。"新鞋子"带来的精气神，一下子使一匹娇羞中的马，扬眉吐气，意气飞扬。我看见它年迈的主人，在满意地付了钱之后，牵着马，向着远处的雾霭中走去。不知道那些远处的村庄，还是热闹的巴扎上，一匹钉好了新马掌的马，会是一番怎样的模样？

叮叮当当地敲打声过后，热斯坦再一次陷入了沉寂之中。临街的铁匠铺子有好几家，大多是关着门的。铁匠们的生意，一天比一天不好做，是因为钉马掌子的人越来越少了。就像这些街道上，马车少了，取而代之的是现代化的汽车、摩托车和三轮车，这些喝着汽油奔跑的怪物，正在渐渐地把古老的马车和赶车人逼入一条历史的死胡同。

好在雾霭中的热斯坦，为我们保留了一些历史的记忆。这些流传在当代的铁，技艺娴熟的马掌子，一个不善言辞的维吾尔人，使这门古老的手艺，不仅仅有了传承的意义。

一座老城的气息，首先是一些活着的手艺，和他鲜活的面孔。

老街黑茶

一大早，老吴陪着我们在老街里转悠着，像一群游走于街市的闲人。他说，很多人坐着车子到这里来，只是满足于到此一游，煞有介事地请来当地导游，拍照留念，最后什么东西都不会带走。真正要走进这些陈年老街，还是要放下脚步，慢慢地走，随意地看，说不定你就会有一些自己的发现。我相信老吴的话，因为他沉浸在这些老街里的时光已经不短了，看他用一口半生不熟的维吾尔语和街边的商贩们打着招呼，就知道他是这里的常客。

从杏花园里出来，已临近中午。两条腿上也好像注了铅，有人开始迈不动步子了，就不愿意继续往前走，表示要回宾馆休息。这时，老吴说要请大家去喝茶，也可以在那里休息一下。我说去哪里？老吴说，当然是茶馆啦！我有些纳闷，这土街泥巷里，还真会有一间"茶馆"？

老吴显然看出了大家的疑惑，就示意大家跟着他走。

我们最先来到的是一座桥，钢筋和水泥拱起的桥下面，是一条几近干涸的库车河。我知道这里就是赫赫有名的"龟兹古渡"。曾几何时，夕阳斜晖下尘土飞扬，宽阔的河床里，喧闹的巴扎上人头攒动。这些昔年盛景，一瞬间就被我在潜意识里复活了。我站在河岸上，向河床里打量着，遥想着那些被驱赶着的牛羊，那些漫不经心的毛驴车上，一个打着瞌睡的赶车人，他什么都没有买，什么也没有卖，他只是赶了一天的巴扎。

今天不是巴扎日，河床上的泥土，显得光滑而生硬。在一孔桥墩子下的泥土里，我看见了几个男人横七竖八地躺在那里。那是一些无家可归的人，还是一些醉酒的人呢？老吴说，其实这些人，都是一些巴扎的守望者。他们从遥远的乡间走来，或许等他们到来的时候，巴扎已经散去了；或者，他们还沉迷在巴扎的喧闹和热烈里，还没有回过神来吧。巴扎上的人们渐渐散去了，而他们留了下来，望着渐渐空寂下来的河床上，人影散尽，牲畜远逸，真正的寂寞才刚刚开始。他们开始在这些泥土里酣睡，一天，两天，直到下一个巴扎日的到来，交易和喧哗的市声将他们吵醒。

他们醒来的时光里，布满着人生的荒凉。更多的人对他们视若不见，或者眼睛里充满了不屑。很快，一个巴扎日就又结束了，那些纷至沓来的脚步，又将渐渐散去，一切都仿佛是一场幻觉。

远远地，我注视着这些在泥土上酣睡的人。我希望可以看见他们翻身而起，睁开眼睛，看一看这个世界的辰光。已经多久了，那些荒芜的家园和田亩上，衰草也不曾遗落的往事，希望可以为他们找到一条回家的路。

还是要继续往前走。我以为老吴带我们要去的茶社，会在马路边上那些用了艳丽的喷塑和电脑设计的门面里。老吴带着我们，径直绕过了这些门面房，朝着另一片河滩，曲里拐弯地走下去。河湾里堆满了一些柴草，还有一些码放整齐的编织袋，不知道是一些什么货物。难道这一切都和这个古老的渡口，还有即将到来的巴扎日有关系吗？

我没有看见一个行色匆匆的人。倒是这些泥土堆积的河岸上，隔着不远，就有一个躺在地上的铁皮箱子，像一节被废弃的车厢躺在那里。我经过的一个铁皮箱子，一个清瘦的维吾尔老人，正挥动着手里的小铁锤，修补，还是在制作一铁皮把水壶。见一行人的镜头都对着他，老人兴奋地微笑着，停下手里的活，等待着镜头后面的灯光闪烁。他那样熟练的笑容，轻松的表情，良好的镜头感，连同他身后的铁皮箱里摆放整齐的一应工具，都让我觉得这是一个"意外"的场景。但不管怎么说，关于这个古老的渡口，关于铁皮匠的传说，关于一条河流的历史和传奇，还是让我真切地感受到了库车老城，在时间的缓慢里，那些不曾消失的景象。

老吴要带我们去的茶馆，还需要穿过一条类似于农贸市场之类的街巷。我生怕在这里掉了队，紧追着老吴宽厚的背影往前走去了。茶馆的门面上像一间仓库，门口的几张长条桌上，坐着一些喝茶聊天的人。见我们一行鱼贯而入，一个个睁大了好奇的眼睛。我们找到一张墙角处的大桌子，七八个人坐下了，小服务生提着一把滚烫的开水壶，掀开每个人跟前大瓷碗上盖着的铁盘子，把那开水，往碗心里的一小撮砖茶上浇去，那砖茶便嚯地一下子翻卷到碗沿上来了。这时，你赶紧把铁盘子扣上，看那热气从铁盘和碗沿的缝隙里嗞嗞地冒出来。

紧接着，服务生又用一个托盘端来掰开的馕块，众人先一人一块地拿来分享着。有人耐不住,掀开了盖在碗上的铁盘子,在一碗热茶里泡进去馕饼子,一口吃了,嘴里忍不住的吧唧几下。

在"焖茶"的时候,一盘子馕饼烟消云散。老吴赶紧又要了一份。这时,滚烫的黑砖茶算是泡好了,深深地喝上一口,浓烈的粗茶和滚水的味道,直抵心肺。看着我们这一桌子人别样的面孔,周围几个桌子上的人,开始小声地议论着什么,不过,从他们悠闲的神情里,似乎也没有看出什么大惊小怪来。

老吴说,这一碗黑茶也就是一块钱,一个馕饼几块钱,几个人可以在这里喝着茶坐上大半天,只要你有一份闲心和空闲下来的时间。来这里喝茶的大多是附近的维吾尔居民,他们并不急于回家,而是在这里守着一碗黑茶,有一句没一句地闲聊着。墙上的电视里播放着上个世纪的港台武打片,有时候,多数人的目光,也会被那嗨嗨哈哈的武打动作一下子吸引了去。也有在桌子边上静默着,一言不发的人。那些没有任何表情的面容里,你无法知道,这间茶馆熙熙攘攘的人群中,一个人的心思,在人群里消失得无影无踪。

转了一上午,我早已经口渴难耐了。我一口气喝光了碗里的茶,招呼小服务生过来又添了一碗水。已经不知道是第几块馕饼了,往茶水里一蘸,口舌生香呢。而这第二遍黑茶,味道更趋醇香,加上干馕饼子的催化,舌尖和味蕾,就算是完全开放了。

正当我耐下心来，专心喝茶的时候，老吴接了一个电话，要我们速速返回。午餐！有领导宴请呢。我拍了拍圆鼓鼓的肚子，只可惜了我这一碗香喷喷的茶呀。

黑茶馆在老街里不止一家，大多偏街背巷，门面看上去也都不甚显眼，却大多生意不错，热气腾腾。只是太多走马观花的人，体会不到这一碗黑茶里，滚烫的热烈和干馕的滋味。

库车的味道

又来库车,是在我离开了这里十几天之后。满脑子的库车记忆,还没有来得及消散呢。仿佛整个九月,再也没有任何一个地方,让我如此辗转反侧。只是,赤野千里的南疆大地上,库车一样的明亮和干热,在今年的这个秋天里,变得越来越浓烈起来了。

或许,这样的季节,对于库车来说是最适合旅行的。此行依然下榻库车宾馆。第一天,早晨从库尔勒出发,赶到库车的时候,已过了午后两点,一行人没有来得及放下行李,先就是一人一碗抓饭。在二楼的那间大包厢里,两张桌子上呼呼啦啦的筷子扒动着米粒的声音,适度而又节制的骨头上的肉香,使我想到了一些村野里的场景,来自于肠胃里的声响,有时候,比那些高亢的华美乐章,更能够打动人心,也更加真实可靠。这一顿羊肉抓饭,是提前预订的,所以三十多碗抓饭,没有让这些饥肠辘辘的人们等得太久,也几乎没有人推脱和拒绝一碗抓饭的到来,更兼那风卷残云的气势,使得这一顿旅途中的午餐,成为了一场饕餮盛宴。

下午原计划是要去库车大峡谷,因为月初我刚刚去过那里,也因为洪水和天气的原因,从安全的角度考虑,我们最终放弃了去大峡谷的计划。我们还特地临时邀请了有"库车通"之称的老吴作我们的临时向导。敦厚的老吴,为此专门提前一天赶回了库车。吴向导虽然是义务劳动,但他对我们整个下午的行程,显然是作了精心安排的。

第一站,我们去了新疆现存最大的佛教遗址苏巴什故城。准确地说,我们到达的是苏巴什遗址的西寺区。遥隔着一条漫漶着古老时光的库车河,苏巴什遗址上的阳光,依旧是那样浓烈地泼洒着。大概是四五年前吧,我曾经在另一次文学采风活动中到过这里,甚至还有幸在故城残破的遗址上,捡到过一柄"石斧"。所以当我今天再一次踏进苏巴什遗址的时候，我内心里的感觉和这些初来乍到的人，是截然不同的。历经了千年时光的苏巴什，在这里安然沉睡着。隔了五年的时间，我的再一次到来，不曾改变的是这些残缺不全的寺庙遗址和城墙上斑驳的雨水，风和阳光的味道。那些时光里的坍塌和沉睡，对于我人生的五年来说，太微不足道了。可是五年的光阴，我无法说出自己的苍老、阴霾和人生的变故，我只是感慨着这世间离散弥久的因缘际会，有多少秘密的远方，在我们的命运里埋藏？

站在苏巴什西寺区高高的废墟上隔河相望，阳光下的东寺区高塔林立，那褐黄色的旧址上，涂满了阳光和这个秋天里最为迷人的沉醉与破碎。据说，我们所在的西区，以佛塔为主，更大规模的寺庙建筑群，都聚集在东区呢。汉唐以来，这里云集着数以万计的僧众和信徒，加之东西来往的商人和源源不断的丝路贸易，想想，应该是怎样的喧嚣之地。法号声震，僧袍云集，曾经繁盛一时的龟兹古国，最终没有能够抵挡住历史的烟尘。浩繁的经卷在沙土里掩埋，绵延的石窟里，却居住着凝固的衣饰和名姓不详的供养人。

在这些泥沙堆积的河岸边，我没有看见一滴河水的痕迹。或许，那些远去的水，早已经将一条河流彻底地遗忘了吧。我只是看见了这些河水奔逃的身影，她们遗留在沙土和山石间的干渴，再也无法走得更远了。

接下来的克孜尔尕哈烽燧遗址和克孜尔尕哈千佛洞，被我一不小心说成了尕哈县，引来车上的一阵哄笑。但尕哈烽燧的迎风而立，经历了一千年，或者更久，都已经成为了我们今天仰望的残破记忆。多少个晨昏，阴晴圆缺，那些点燃了狼烟的兵士们，躬身于家乡的方向，执手东望，长安的月亮上霜迹遍布。是呀，战火弥漫的边地营帐，早已经老了，故乡的尘土，也已经无法掩埋这一把历史的老骨头了。

夕阳西下，我注视着那一枚血红的落日，在烽燧上的高塔上缓慢的降落，一点点地，滑向身后的河谷。再也没有此一刻的"残阳如血"，更能够比附这一场古老的还乡。那些柴草、院门和家眷的呼号，全都在一枚夕阳的沉落中，销声匿迹了吗？烽燧连天边，旌旗漫卷时，安知家国破。士卒揉破的沙眼里，迢迢万里，我们何曾是踏破了一双铁鞋？

此际，我置身于库车的漫漶秋野里，浩浩长风，黄土赤焰，真的是一个季节一场风，就把这高天阔土的迷途，给终止了。

大地上的尘土，终是要沉寂下来。

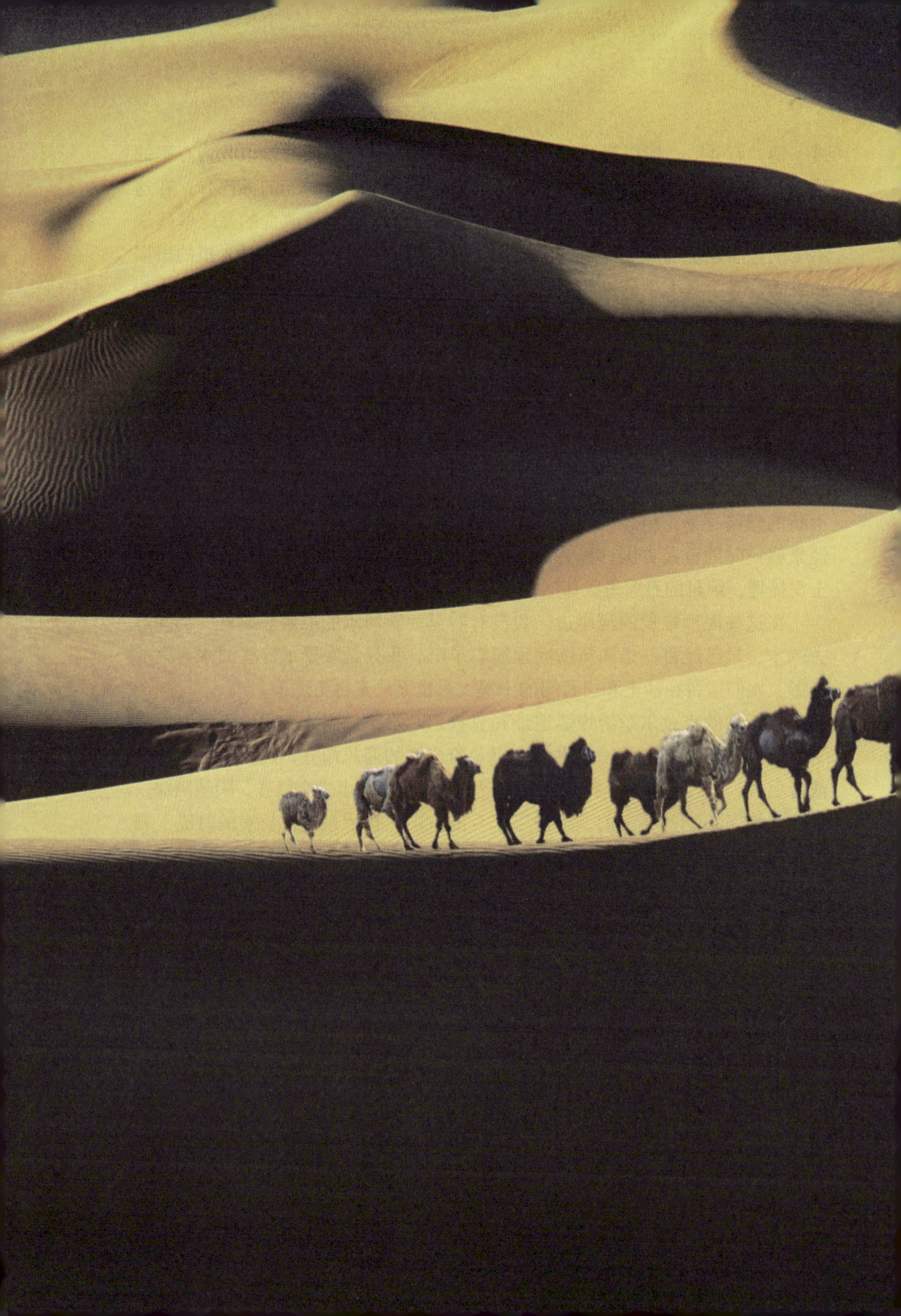

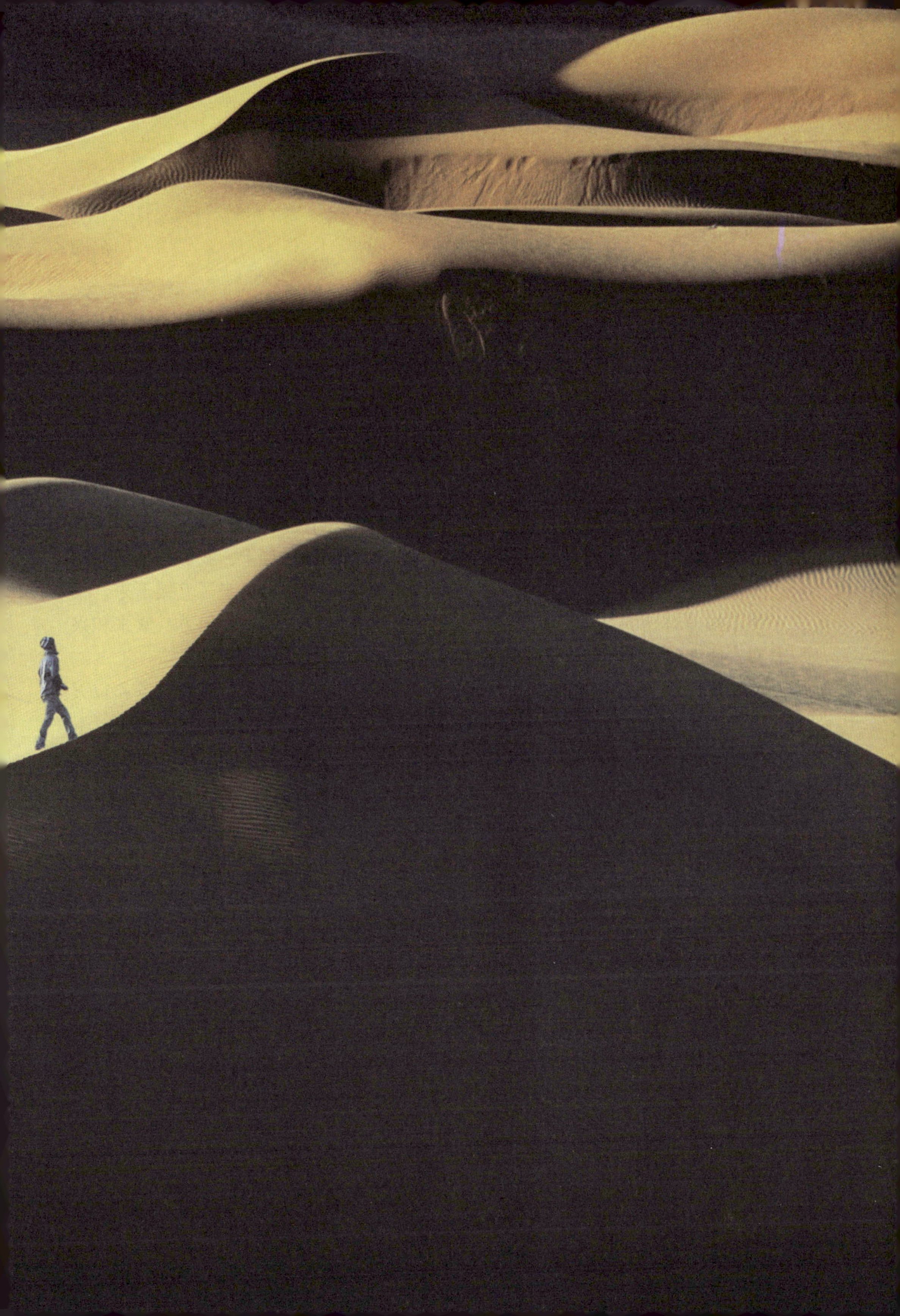

头河源记

  我已经忘记了这是多少次，踏进这条河谷。发轫于天山峡谷的河流何止千百，而头屯河，却是我生命中如此清澈又难以割舍的一条河流。

  1983年深秋的那个早上，在乌鲁木齐火车南站广场上，我像一个懵懂的少年，被一辆解放牌军用卡车，连同一场青春的梦，给运走了。接下来，我并不知道自己的命运，将要被这辆不由分说的军用卡车运往何方？紧张和兴奋，适度的寒冷，都在这一辆盖着绿色帆布的卡车里，瑟缩着。

  很快，运送我们的车队，便驶出了城市的街道，向着山野的昏黄和寂灭里驶去。山风从我的耳边呼啸而过的时候，我听见了车厢里的小声议论：不会把我们直接拉到边境上去吧？大多数没有出过远门的乡间少年，对于像乌鲁木齐这样的城市没有概念，但是对于接下来的峡谷秋野，还是不陌生的。

  秋树黄叶，色彩驳杂，峭壁耸立的峡谷里，呈现着别样的萧索。而那一条河流是静止的，弯曲、流泻着一些远天里的明亮。那时，我并不知道这条河流的名字叫头屯河。而我到达的"连队"，竟然就是在这条河流的边上。所谓依山傍水，河滩上的一片空地，整齐的两排营房，这就是我们一行十五个新兵的目的地了。直到1985年冬天，连队换防前，我在这个山窝子里，度过了两个春秋。

  都说大山是寂寞的，而只有真正藏身于大山的人，才能体会得到这些寂寞的滋味。冬天，整整一个冬天，除了一场又一场漫天的大雪，山野里层叠的雪野风声，我没有看见一个连队之外的人。那时，我们还要到结了冰的河面上，用铁镐砸开冰面取水。坚硬的冰面下，是湍急的、冒着热气的清亮的河水，两个人扯着行军锅，需要弯下腰去，铆足了力气，一鼓作气，抬上水就往炊事班的厨房里跑，跑得慢了，手指头就和行军锅的铁环粘在一起了。

那寒冷是钻心的，犹如锯掉了一般。且不说这一路上，需要从河坝里冲上河岸，平衡把握不好，锅里的水，往往会溅泼到裤子上和鞋子里去，那冰凉比起手指上钻心的疼痛，基本上是可以被忽略的。

我想，这些冬天是漫长的。有如一个人漫长的苦难，在看不见终点的地方，你只是开始，没有结束。这样的状况，似乎到了夏天会有所好转。树木葱茏，山野里的草色渐渐地鲜亮起来，河水依然是冰凉的，但不再让人疼痛。连队西边的一大片胡杨林里，是一些独自游荡的牛和马匹。它们自由散漫，少见被驱赶和追逐的时光。

想想，我那个时候在做什么呢？第一年，我被分配到了炊事班，做饭喂猪，这两样活，我都曾经让自己满头大汗。第二年我到过通信排的战斗班，似乎只有几个月，我便被调到连部去了，开始当文书。什么时候开始写诗的呢？甚至郁笛的这个笔名，也是在连队旁边的一片草地上获得的灵感。我和那个叫杜德志，后来改名叫杜雪巍的人，一起在连队里创办了一张油印小报《浅草诗报》，加上后来炮团三营马国强的加入，"浅草诗社"，曾经让我们疯狂了好一阵子。

都说青春作伴，会是一个容易让人癫狂的时期。而我似乎已经忘记了癫狂，我的惆怅和迷茫是真实的，我的诗歌和文学的梦想，便在这一条悠长河谷的草地和山野间，绽放了。

直到此时，甚至直到我离开的这片山野的新兵时代，我对于这条河流的名字一直是一知半解，并且想当然地认为，它应该被叫做庙尔沟河。翻开我早期的诗歌练习册，也确曾有过"庙尔沟河"这样的字眼，混杂在那些幼稚和不无忧伤的诗行之中。已经许多年了，我并没有为了这条河流的名字而纠结过。我只是想，那些思念呀，怀乡呀，苦闷而无从申诉的青春理想，都再也无法回头了。

时间是多么残酷。一晃，三十年了，我青涩的诗行还在原地踏步，一条河流的名字已经跃然纸上。我清楚地知悉这条名叫头屯河的河流，就是流经我居住的城市乌鲁木齐的一条重要河流时，已经是近几年的事了。那么，它的源头在哪里呢？我希望能够确切地知道，这样一条模糊了我整个青春岁月的河流，它的隐秘出处和并不遥远的归宿。

从硫磺沟到庙尔沟，沿着一条缓慢的河水，我大抵知道那些天山高处的雪，是怎样悄然融化并涓涓滴滴地融入这条河流的。那时，有的人进山伐木，都是要打防疫针的，据说，山里的鼠疫很厉害。

库姆塔格的沙

我不止一次地仰望着头顶上的雪山，想那云海深处的万千气象，霞光里的云朵，也曾点燃过我高飞的梦想，只是，我何曾想象过的一滴水，正在我的脚底下，缓慢地流过。

　　今年的秋天，我急忙地从南疆库车赶回来，为的就是要参加一个由头屯河流域管理处组织的采风活动。已经物是人非的峡谷河流，空旷的河畔林地上，秋阳透过浓密的树荫，洒落在潮湿的林地上时，我一下子认出了这一片河边的老树林，这一片浓荫下的秋日阳光，泪水也一瞬间盈满了我的眼眶。

　　我慌忙地躲到别处，看那棵老胡杨弯曲着陈旧的伤疤，它竟然没有认出我来呢。隔着一道锈迹斑斑的铁丝网，我看见了当年的那一河水，涓涓不息地流淌着，只是三十年的故人们，全都去了不知名的远方了。四海漂流，那些消隐在远方的梦中，可曾有一次被他们遇见？

　　而我，也曾真切地到过这里吗？我的疑问，三十年来，无始无终。

骆驼桥子往事

　　那是一场洪水留下的遗迹。初春里，或者盛夏已经来临，一场山洪冲垮了连队上方的一座桥梁，连里紧急组织了一场小规模的抗洪抢险。

　　记忆里，那桥，已经残缺不全了。此前我一直以为骆驼桥子只是一个地名，一个牧区和一片草场的标示而已。可是我遇见的骆驼桥子上，只剩下了一些倾斜的木桩子和一场洪水冲刷后参差不齐的红柳枝。一些破碎的泥土上，断桥张开了巨大的空洞。小渠子乡的人说，桥要重新修了，只是需要一条临时的便道，通向深山里的林场和牧区。

　　在我们连队，骆驼桥子是被很多人挂在嘴边的。因为我们的连队就在骆驼桥子的下方，不到两公里的地方，师部或者外面大地方的人，都习惯把我们连队的所在地称之为骆驼桥子。而大多数时候，我们连队的活动范围，是到达不了骆驼桥子的。早先，我也只是站在连队的操场上，向着骆驼桥子的方向眺望过去。后来，我尝试着去接近并试图踏上那座由红柳和木桩子混搭而成的老桥时，它已在一场洪水的裹挟里，剩下了恐怖的张望。

　　桥又重建了，在旧桥的上方不远处，依然是木桩上铺架了簇新的红柳。比起那座在洪水里留下的废墟，新桥显得高大、强健了许多。甚至，还有牧民们的拖拉机，装满了一个秋天的牧草，像一座移动的草垛，轰隆隆地从桥上走过。我偶尔会站在由硫磺沟通往庙尔沟的沙石公路上，望着眼前的这一幕，向往着骆驼桥子后面的山坳里，该是怎样一番迷人的景象。

　　那时，我刚从战斗班里调到连部当文书不久，通信员复员回老家了，新的通讯员恐怕还要等到新兵下连后再选调，这一段时间，我就兼着通信员的工作了。每个星期六，我要从连队出发，徒步往庙尔沟的师部取一次连队的报纸和信件。从我们连队出发，到师部大概是二十多公里的路。早饭后，我

背上一个大帆布背包，第一站要经过的，就是骆驼桥子了。

在骆驼桥靠近公路的这一侧，是一个由十几户哈萨克人组成的小村落。他们的房子都是干打垒的低矮平房，家家的院子里堆着高高的草堆，细细的铁皮烟囱里，冒着一股子牛粪味道的炊烟。我从那里经过的时候，偶尔会看见一些胸前挂着一件大围裙的哈萨克妇女，在散落着草叶和尘土的门前向公路上张望。偶尔会有三两个人，窃窃私语，或者大声的议论着，我也一句听不懂呢。我穿着军装大摇大摆地从他们的村子里走过，像是什么都没有听见的天外来客。也或许，这些游牧在河边峡谷里的哈萨克人，早已对穿着军装的人见怪不怪了吧。因为，在这条狭长的山谷里，似乎除了像我这样穿着军装的人偶尔闪现一下，大多数时候，都是沉静和寂寞着的。

让我心怀恐惧的是这些牧人家里的狗。那时候，我还不知道怎样和这些语言不通的哈萨克人交往，更不懂得怎样和这些来势汹汹的牧人家的狗打交道。第一次被一群狗围攻，我狼狈地退缩着，没有了招架和还击之力。我的军装上舔满了狗嘴里的唾液，还有它们吼声不断的威猛的捍卫。要不是一辆军车从我和一群狗的混战中经过，我不知道自己能否全身而退。

而在这一切发生的时候，我的周围不时会有一些哈萨克人从我的身边经过，他们对于眼前发生的这一场人和狗的混战，甚至懒得多看上一眼。等到我从狗群里脱身以后，那些嘴角挂着笑容的老兵们说，你看看那些慵懒的哈萨克牧人，个个都是好猎手，你和这群狗纠缠的时候，牧人们保持了沉默，只是一场游戏而已。在他们的眼里，你还不是那一群狗的对手呢。

有了这一场胆战心惊的群狗遭遇战，下午回来的时候，我做足了战前的准备。首先我的手上，多了一根从路边捡来的粘连着许多尖刺的树枝，另一只手里，握着一块沉甸甸的石头。我的心里打鼓，想象着再一次和狗群的遭遇。我想到过绕行，需要翻过眼前的一座山，怕是今晚上赶不回连队，再说，我不能每次都绕着走吧。况且，我还不能确定的是，那山上会不会有另外的不测。

想来，我是没有退路的。我硬着头皮往前走，远远地，我便听见了狗从山谷里，巷道里发出的怒吼声。只是，我越往前走，那些狗的吼叫声越是稀拉起来了。我提心吊胆地从这不足二十米的"街道"上穿过，竟连一只狗也没有见到。

我疑惑，这些气势汹汹的狗呢，怎么这会儿一个都不出来了？不知道是我手上的武器，还是那些哈萨克牧人的作用，我曾经恶战过的一群狗，自此消失得无影无踪。此后的多次往返，我都是石头加木棒，也只是遇见了零星的狗吠。我手里的石头还没有扔出去呢，那些夹着尾巴的狗，便逃窜得不见踪影了，只留下汪汪汪的虚张的吠声，让人鄙夷不已。

从此，我真的可以大摇大摆地从骆驼桥子经过了。直到我离开这里的时候，骆驼桥边上的哈萨克牧民和他们的牛羊，远远近近的，从来没有脱开我的视线。一晃三十年过去，当我再一次来到这里的时候，看见的是一座钢筋混凝土的大桥，高高地耸立着。那些散落在河边的牧民呢？他们的房屋只剩下了一座座泥土的残垣。秋风呼号，树叶山斑斓的秋色里，一只牛羊的踪影也找不见了。我还怀念着的，是那一群骁勇善战的狗呢。

风雨飘摇，人世恍惚。我知道三十年来，这个世界物换星移，人生的大幕上，不也是季节变换吗？但愿那些走远了的牛羊，和那些迁徙他乡的哈萨克人，心里面，不会患上我一样深重的思乡病。或者他们压根儿就没有走远，那些骑在马背上的哈萨克人，就在不远处的山坡上，每一天，都可以望一眼日渐荒芜了的骆驼桥子。他们比我更完整地经历了一座老桥的穷途末路，也更深切地领会着，一些被搁置的远方。

这或许，正是一条河流涓涓不息的原因所在。

小渠子的雪

一场雪，又一场雪，这些漫无边际的雪，落满了整整一个冬天的荒野和山谷。这一条名叫庙尔沟的阔大山谷里，有时候静得只剩下了广阔的寂寞。有过一些无聊的时光，我站在连队菜地的西南角上，向着远处的骆驼桥子和小渠子的方向望去，空寂和茫然，就在这些静止的雪在山野里弥漫开来。

河谷里高大的胡杨和古老的榆树上，披挂着冰雪的盔甲。那些矮小的灌木，细碎的枝条上，也缀满了雪，和一些风的摇摆。河谷里这些老树和灌木在冰雪里的列阵，已经好久没有变换一下队形了。因为，巨大的天山还没有摇动，整个冬天的雪，还没有远去。

想想，那时候我是多么疯狂地迷恋着诗歌，希求着这无人涉入的空阔世界，可以成就自己伟大的诗歌梦想。而终究，那一顶遥不可及的诗人的桂冠，也只是一个梦想而已。好在和我一起分到炊事班的杜雪巍，几乎珍藏着和我一样的伟大的梦想。他的铺板底下，竟然藏着雪莱、拜伦和叶赛宁等人的诗集。那个时候，他鼻梁上那两圈厚厚的眼镜片，卓越的口才，加之他苦读诗书的模范精神，简直就让连普通话都说不好的我，羞愧得差一点钻到地缝里去。

有一天，老杜神秘地告诉我说，驻守在小渠子里面的三营也有一个写诗的兵，叫马国强。他的意思是，我们可以去拜访一下。我们的想法如此单纯。在那个音讯隔绝的年代里，我们两个怀揣着文学梦想的诗歌青年，不，是两个呆头呆脑的新兵蛋子，在一个星期天的早上，默默出发了，军用挎包里塞满了早前胡乱写就的诗稿。

其实，我们对于那时驻守在深山里的五师炮兵团，几乎一无所知。如果不是这些巨大山谷的走向，从山上到山下的雪，几乎就要使我们丧失了方向。过了骆驼桥子之后，山谷里一派澄明。而大雪设置的迷途中，突然出现了好

几条通向山里的路。每一条山谷,都在大雪的覆盖下,敞开着一扇巨大的山门。我们一时间不知道往哪一条山谷里走去。后来,我们沿着一道车辙印往前走了一阵子发现,这道车辙,通向的是一个林场的检查站。问了检查站的人,

也只是知道炮团的大概方位,具体在哪一条山谷里,他们也不甚了了。检查站的一个年轻小伙子,自告奋勇指给我们的路,是重新回到我们进入山谷的岔路口,沿着另一条松树和白桦林覆盖的山谷,继续前行。

往回走的时候,我的腿已经有些软了,但我不能说出来,还必须装出不在乎的样子。老杜压根儿就没有把这次错误的进山当一回事。我们很快又返回进山时的岔口,虽然大体记下了检查站的小伙子告诉的那条山谷,可是回到现场,我们一下子又都蒙了。因为突然出现了大大小小的好几条山口,哪一条都像,哪一条又都令人生疑,顿时又让我们陷入了迷乱之中。不知所措时,突然从一个山口里,开来一辆军车。我们兴奋地迎上去,那辆笨拙得像一头牛一样的军车,仿佛没有看见两个新兵的存在,晃晃悠悠地从我们面前的雪地上开过去了。

虽然,军车没有停下来,但它碾压过来的新鲜车辙,似乎告诉了我们进山的方向。这一次,我们逆向沿着军车的辙印,很快就找到了炮团的所在地。山坳里偌大的一片营房,一片白花花的平房顶子上,股股黑烟弯弯曲曲地在谷地里绕来绕去。站在远处看过去,大雪覆压下的营房挤挤挨挨的,也不规则,分布在零零碎碎的山间平地上。我们问了几个当兵的人,确定了炮团三营的所在地之后,径直去了营部。

屋子里一个高头大脸的人，正在往火炉子里加碳，鼻梁旁边的脸盘子上，横着几道煤灰样的抹痕。他斜楞着膀子，听我们说明了来意之后，扔下了手里的煤铲子，说自己就是马国强。显然他的惊喜有些意外，脏着一双大手，就上来拉着我们到他的宿舍里去了。

中午饭早就过了。马国强找来一些剩饭，记得有一块干硬的发糕，在炉子上烤了，吃起来格外香甜。不记得当时是否谈论了诗歌或者文学，只是自此，三个大山深处被诗歌点燃了梦想的士兵，开启了文学的患难友谊。那时马国强写诗不多，言谈中，他对莱蒙托夫情有独钟。后来，马国强还成为了我们三个人中，第一个公开发表诗歌的人。

山里的冬天，似乎太阳的影子一斜，一天很快就要过去了。短暂的相聚之后，我和老杜必须踏上回返的路程。来的时候心急火燎，加上赶路心切，基本上没有感觉到寒冷的侵袭，也没有觉得自己在山野的雪地里，来来回回走了那么远的路。等到回去的时候，望着抛物线一样下坠的太阳，双脚踏在雪地上，便有些沉重起来了。回去倒是可以轻车熟路，但真的要走起来，雪地上的路，一下子变得遥远和漫长了。

没等我们走出小渠子的垭口，夕阳就已经沉落下去了。

一时间，漫天遍野的雪，笼罩在山谷的黑暗和风声中，恐怖也跟着到来。我们不得不放弃了懈怠和疲惫，加快脚下的步伐。想不起来我们在回来的路上都说了些什么，或者是各自在沉默里，掩埋了内心的恐惧和即将到来的严重后果。

那一晚，不知道我们回去的时候，连队是否熄了灯。一直坐在火墙边等我们的班长，当头就是一顿乱呵。因为我们的归队，严重超出了请假的时间。操着陕西西厢口音的班长憋着通红的脸说，再不回来，连里就要组织人去找你们了！

羞臊难当是不可避免的。后来的很长一段时间里，我们再也没有请假和外出的机会了。一直等到这个冬天的大雪融化，我们也没有机会再一次踏进小渠子的山野里去，甚至直到今天，我都快要将那片雪野和山谷给忘记了，也没有等来再一次走进她的机会呢。

时光演变，第五师和他的炮兵团，都已经不复存在了。空留下一座阔大的山谷和满目的秋色，让我一个人，站在骆驼桥上极目远眺，却怎么也越不过小渠子，那些年代里堆积的雪，铺天盖地。

团结大队

从庙尔沟下来,挨着我们炮兵指挥连的,是师直的高炮营。高炮营的几个连队,沿着头屯河一字排开,好大的一片河滩上,被一些高大的树木和灌木掩映着。一年四季,高炮营的军号,都是和我们连队的军号重叠在一起响起来的。那个时候,我们的连队是一个独立的连队,有时师部电影队到高炮营放电影了,我们也会列队去看一场。也只有在这样的场合里,会遇见一些地方老乡的身影。

我想说的是和我们同在一条山谷里的团结大队。这是一个哈萨克人的村庄。或者村子里会有俄罗斯人、维吾尔人以及其他的民族也未可知。反正这个村子里,我们没有遇见一户汉族人家。

隔着高炮营的四个连队,团结大队离我们连队的距离有两三公里的样子吧。最初,还是新兵训练的时候,到了周末,班长带着我们几个新兵到团结大队的一个商店里去采买一些生活用品。商店里的营业员,应该是一对年轻的哈萨克夫妇,好像还刚刚生过一个小孩。那个男营业员长得英俊潇洒,高高挑挑的,头上戴着一顶黑白条纹的鸭舌帽,总是一身花格子西服,脸上白皙的皮肤让人不敢多看一眼。女人则头上围着一块方巾,依然是西服里面套着一条扯地的布裙子。这在当时的村庄里,也算是比较扎眼的打扮了。男人温文尔雅地站在柜台里面,汉语也说得非常好。女人则一边照顾着孩子,一边帮忙打理着柜台上的生意。因为那个时候,当兵的一进来就是十好几个人,一个人有时难以应付得过来。

记忆里,年轻哈萨克夫妇商店里的东西应有尽有。香皂、牙刷牙膏、毛巾和信封等,还有廉价的红酒、大豆花生等小袋包装的熟食。常常是周末无聊了,大家三五成群地到商店里去,买上一瓶红酒和几袋大豆瓜子等,找一处避风的山窝子，几个人对着酒瓶子吹上一个下午，天南海北地神聊一通。

　　曾经有一阵子，我是这个商店里的常客。除了跟随大家闹哄哄地来过几回，我自己也曾经悄悄地往这里跑过。那个时候，我已经开始写诗了，每个星期，我都需要大量的信封和方格子的稿纸。因为那时发稿一般都不需要贴邮票，在信封的右上角还是左上角，用剪子剪去一个小三角就可以了。所以我几乎每天都要把自己誊写工整的诗稿，装到信封里去，然后剪去"三角"，等待一周一次通讯员往师部里寄发。只是疯狂地写着，并不知道自己已经发烧了。所有我能见到的报刊地址，也不管三七二十一，全都一股脑儿地给人家寄稿子，还情真意切地给编辑老师附上一纸信，然后就眼巴巴地盼着哪位编辑大人慧眼识珠，能够发现自己这个窝在山沟里的诗歌新星。

　　我的白日梦做了好长一阵子，信封和稿纸的消耗量也是惊人的。最开始的时候，我会一次买上几个，最多也就是十几个，后来我三十五十的买，再到后来，我干脆一捆一捆地往回买了。那一小捆信封是一百个，不到两个星期，就被我消耗殆尽。似乎，商店里的这一对夫妇，把我也给认下了，见我一来，就直奔信封和稿纸的货架上去。只是他们不知道，这是一个发着高烧的诗歌青年，他们一定是以为，我是为整个连队采购的呢。

　　我不知道团结大队，是一个独立的村庄，还是一个生产队？似乎人家并

不多，一条高低不平的巷子，弯弯曲曲地住着几十户人家。每年春天学雷锋的时候，天山深处的团结大队还是冰封雪冻的，连队就来做好事了。整个团结大队鸡飞狗跳的，铺满了混乱的柴草和积雪的街巷院落里，军人们不由分说地做"好事"！家家的水缸里，被从河坝里挑来的水给灌满了，院子里的积雪和垃圾被清扫一空。还有些穿着军装的年轻人，甩开了膀子在院子里劈柴火，吭哧了半天，却怎么也没有办法让一盘坚硬的树根就地开花。

这期间，发生了一件有趣的事，至今想起来，依然忍俊不禁。我们排着队到团结大队的时候，估计队伍里就有人铆足了劲要好好地表现一番了。还没有进入村子，有一个老兵，就从队伍里跳将出去，飞快地从一个年轻女子的肩头夺下挑着水桶的扁担，蹦跳着往河坝里去了。这个在匆忙间被夺下了水担的哈萨克女孩，茫然不知所措，又看见这么多当兵的人，围着自己说笑，一转身，似乎是羞愧难当地跑回家去了。大家很快也都有了分工，各自散到村子里学雷锋去了。等到那个抢到了水担子的老兵，从河坝里挑着一担水回来的时候，却不知道这一担水该往谁家里挑，引来大家的一场哄笑。

好在村子并不大，那个被"抢了"水担子的姑娘，很快又转了回来。

这个抢水担子的故事，后来在连队里演绎出各种版本。有的说，是这个老兵贪功心切，因为年底他就要复员了，借此机会表现一把。还有人说，他八成是看上了那个哈萨克姑娘，是早就预谋好了的。

团结大队的姑娘是漂亮的，但大多数时候我们这些当兵的，是没有机会见到的，况且，当时部队上也有严格的纪律呢。有一年夏天，我们通信班野外训练，来到团结大队河边的一片树林子里，突然看见一位穿着一身牛仔服的哈萨克女孩来赶羊。几个胆子大脸皮厚的家伙一下子围上去，争相跑过去问人家姑娘路怎么走。那姑娘斜着身子，不住地嗤笑，似乎早就知道了这帮当兵的，是跑过来干什么的。

只是，那一片树林里的嬉笑声，全都被哗哗流淌的头屯河水给冲跑了。也似乎是一转眼的工夫，随着大部队的散去，团结大队也随着时光的流散，竟也不知所终了。此次再来，"连队"的废墟上，早已经不见了当年整齐的营房和列队，更有杂草丛生，古树依然，唯不见了那一片绿色的身影。

团结大队的旧址上，竟也是一片废墟。当年的那一间商店，只剩下了泥坯的屋框子，西式的门窗还在，屋内的装饰和陈列依稀可见。只是人呢，那一对年轻的哈萨克夫妇，怕已是人至中年了吧。他们去了哪里？我恍惚在路边的栏杆上看见了"楼庄子"的字样，是不是随着时代的更迭，团结大队也褪去了那个时代的烙印，重新回到了自己的记忆里？会不会，当时的团结大队，本就属于楼庄子村的一部分呢？

好在时光没有走远，这一条寂静的山谷，还在安然地注视着这一切。

昭苏夜行记

我是到过昭苏的？我不止一次地问过自己，也怀疑过自己。那一个懵懂的黄昏，黄昏里长长的倒影，还未及罩着小城伊宁的林荫小路，我们去往昭苏的车队就要出发了。说一句心里话，早晨从乌鲁木齐出来的时候，一路穿州走府，山河呼应的旅途上，我并没有意识到今天的目的地昭苏，竟然注定了会是一个夜晚的约会。

那么，满怀新奇又不无依恋的小城伊宁，就这样在黄昏的笼罩下，作了一回悄然的告别。我没有等得到这个城市的华灯初上，我只是坐在缓慢摇下的车窗里，急切地望着窗外，那么陌生，又如此熟识的城市街景。匆匆的人影，惶然的心情，多少次这样的路途上的风景，你毫无缘由的到来，又一次急急切切地离去。

伊犁之境，漫漶了那么多美丽的传说。倾心了这么多年，也只是一个匆匆的过客，总是被那惊魂一现的美景掠夺了心智。往昭苏的路上，天色昏然，渐趋开阔的大地上，我只拥有车窗打开的这一小片领地。是的，我不是一个旅途上的饕餮者，我的眼睛里，也总是被这些若明若暗的事物阻挡着，不辨东西，也看不清一条驶向前方的路。漫长的漂游中，我们总是把自己的悲欢命运，交由了一个无从相识的驾驶者，他的习性、面目，驾驶技术的娴熟与否，是否在一路的颠簸中已经疲惫至极，所有这一切，你都是一个无从过问的人。这一刻，你会忘记了自己的疲惫和惶然，慢慢地进入到旅途的遐想之中去了呢。

而天色里的黑暗，还是如期到来了。我想回过头去问一下，这一路到昭苏，需要多长的时间，竟听见了长短不一的一片鼾声。我想，长途不易，旅人的梦，是决然不可以轻易打扰的。我缩回了脖子，伸了伸腰，打了个哈欠，也作假寐状，却总是进入不了状况。索性睁开眼睛，紧盯着窗外，逼视着车窗外一

闪而过的黑暗里，不曾被移动的树木和风声的呼号。仿佛，大地一下子沉静下来，那声音也是微弱的了。我总是想着，在漫野的黑暗降临之前，总会是有一些轰然降临的声音吧？可是没有，我竖起了耳朵等待了那么久，一点真实的声音都没有发出来。

　　这夜晚的寂静和黑暗似乎是一同降临的。那么多的黑暗在寂静中连成了广大的一片，弥漫在山野和无垠的旷野之上。此刻，只消这疾驶的车轮，在这些寂静和黑暗里无声的碾过。大地上的声音如此微弱，她的伤痛，也从这无声里，被掠夺一空。有谁在这黑夜的旅途上，听得见一丝大地的哀嚎？就像那么多舍弃了故乡的人，奔波在异乡的长途上，多少孤单的眼神在四野里张望，终没有一条归途可以带走，这黑夜里尘埃般泛起的乡愁。

我愿意理解山风中的呼啸，高原上的黑暗终于又厚了一层。透过车窗的缝隙，我闻到了昭苏草原上山花和野草的气息啦。那些无以计数、低垂在大地上的花朵和植物们，你能猜想得到它们会在无垠的黑暗里，一层层展开梦想的翅膀吗？那些飞天的梦想，并不只属于昆虫和鸟儿们独享。或许，这漆黑中，来自旷野里的一阵轻风，就会把那些低矮的花朵和植物们的梦，吹向了不可预知的远方。有了这些来自黑夜的、大地上的搬运工，昆虫们微小的翅膀，也只是她旅途中的轻音乐，是她在无数的过往中，能够被记忆和描述的一部分。

此时，影影绰绰的村镇街舍，星星点点的灯火又隐约可见了。远方的灯火，明灭的人家，却总是等不来回家的人。我想到了自己更遥远的家，那个记忆里被一盏油灯温暖和照亮的草屋和小院。荒芜了多久的思乡之梦，我已经无从捧回的故乡的夜晚，一盏昏暗的灯光里，那么多次饥肠辘辘中遥远的呼唤，那一头青丝白发里，那暗哑的声音如此绵长。如今，就着这些远在天边的灯火，我需要望见父母坟头上的荒草，在黑风中摇曳吗？

哪一处远方，都可以盛载无限的故乡。我愿意行驶在这些远方和无垠的夜晚里，抵偿永久的失乡之痛。此刻，面对无垠的旷野上零星的灯火，我愿意说，只剩下了时间里的这一副良药，那么漫长的苦，却需要你一个人，慢慢地吞咽。我也愿意相信，这无垠里，普遍的哀伤，是那么多在外省的旷野里行走的人，不可疗救的，终生的疾病。

正当我埋首于自己的思乡和哀伤之中时，有人在我的座位后面，小声而又不无兴奋地议论着，昭苏到了。我知道他们说的是眼前灯火通明的昭苏县城。其实，昭苏又在哪里呢？并没有多少人真正的清楚。接下来。我们要去的那一片草原，离开昭苏县城，还有一百多公里的夜路。

高坡上的油菜花

在没有遇见昭苏高原的油菜花之前，我回想起自己十几年前，在奇台县半截沟的一座山坡上，第一次遭遇油菜花时的情景——真实的感觉，就是没敢相信自己的眼睛。

忘记了自己是怎样爬到山顶上去的。所以登高望远，我望见的是松涛起伏的沟壑峡谷间，那个季节里天山的繁茂和葱郁。我没有办法让自己的眼睛看得更远，那时，我全部的新疆游离和知识少得可怜。甚至，我没有办法知道，是不是自己眼睛里出现的幻觉。终于挨不住内心巨大的冲撞和好奇，我还是忍不住问了一句身边的老黄，指着对面山坡上，那一抹青绿中鲜亮的鹅黄色，问那是什么花呀？"油菜！"没精打采的老黄回了我一句。我羞愧得不行，也不好意思再问下去了。因为，我怕在新疆活了大半辈子的老黄，笑话我在新疆待了这些年，连山坡上的油菜都不知道是什么东西。

那时，我刚从部队上到报社工作不久，虽然在新疆已生活了十几年，但确实也没有去过更多的地方，所以孤陋寡闻也就在所难免了。这虽不是我个人的耻辱，但我深深地记下了半截沟对面的山坡上，那些层层累累的油菜花了。那一个瞬间的惊艳和仓皇，深深地刻在了我的记忆里。

那是一些什么样的花呢？其实，我站在高高的山顶上，遥遥地望过去，连一朵花的模样也没有看清楚。那只是一片，或者只是一道道色彩堆积的山梁上，被一些盛夏的庄稼诸如玉米小麦等分割开来的，一小块又一小块金黄色的油菜花地。我相信，那些金黄色的花朵上，恰又是被一个正午的阳光涂抹了的。那么一大片阳光涂抹了的山梁子上，油菜花张开了一张张笑脸。多少张笑脸呢？金黄的颜色里，早已经盛不下这么多的阳光。她们漫漶在遥远而辽阔的山坡上，使我想起了大师们的油画和粉彩，怎样天才的皴染，也无

法抵了这个季节里，油菜开花的一面山坡。

　　我还在想呢，是什么人爬上了那么高的山梁子，翻晒和耕种了如此细碎而又广大的土地，在春天里撒下了油菜的种子？那么高拔陡峭的山坡上，大规模的机械作业是不可能的。那么，这些在春天里，背着种子撒向高山的人，现在在哪里呢？当这个季节里美艳的色彩耀人眼目的时候，那些躬身于土地上的人，是否有机会抬起头来，欣赏或者面对过这些开花的山岗？

　　对面的那一座山坡，隔着多远的距离我并清楚，或许它早已经超出了奇台县境，属于另一个行政区划里的"风景名胜"。但这些无意中闯入我眼帘里的花朵，惹了那么多阳光和金黄的颜色，已经使我少有地冒犯了一次上帝，作了一回欺天的赏花客。我顺着自己站着的路基，一个斤斗翻下了山坡，在齐腰深的草丛里，深深地呼吸了几口山野的空气。

　　这一次昭苏之行，我只是奔着她的高山草原来的。深夜里的抵达，多数人抵不过长途的疲惫，草草地进入了高原的睡眠。早饭的时候，有几个裤腿子湿了半截的人，脖子上挂着相机，风尘仆仆地赶到饭桌上来。我有些纳闷，这大清早的，你们干什么去了？有人回答说，去拍油菜花去了！

油菜花，哪里的油菜花呀？那几位湿了半截裤腿子，脸上却难掩兴奋之色的摄影家们，不无自豪地说，就在这房子的后面，这么大片的油菜地，你们竟没有看见！另一位说，早晨的霞光里，高原上的油菜花，着了露水的金黄色花瓣上，像一片片出水鹅黄，在接天连地的油菜花间，所有的摄影技术都是多余的了。听完了几位摄影艺术家的话，我惭愧不已。我的惭愧并不是因为贪恋自己的高原美梦，一觉睡到了天光大亮，而是我压根儿不懂得摄影，自然也无缘这个早晨与油菜花地里的霞光和眺望。

随后几天的高原行程中，虽然得以一次又一次从大片的油菜花地边飞驰而过。但总是隔着车窗，远远地眺望着，没有机会走近一朵盛开着的油菜花。

终有一日，好像是昭苏行程的最后一天了吧，我们的车子，往格登碑所在的边境上驶去。荒远的高坡上，那些一望无际的油菜花开得正盛。而高原的行程却是旷远的，有时会遇见整面山坡的油菜花，倒是没有了初见时的兴奋了。美的陶醉，也容易让人的视觉和感官麻木。我想到了远处的高坡上，心里面也不免充满了疑问：这些大机器时代的耕作里，油菜花是怎么样撒满了漫山遍野？在这些高高低低的山坡上，金黄色的油菜花，甚至就要染黄了天边的云彩。

看那日头，在边地的上空孤悬着呢。似乎，光芒四射的是这缓慢的高坡上遍野的油菜花，与这一轮高高的日头无染了。借着停车休息的机会，我试图跳过路边的沟渠，往那油菜花地里，来一次亲密的接触。可是，我试了几次，终无法越过这看上去并不宽的沟渠。其实，这些平时用来排水或者灌溉的沟渠，并不是用来防人的，只是它成为了我今天现实里的障碍，望着陆陆续续上车的背影，我也不得不放弃了跳跃的努力，悻悻地回到座位上去。

也许如斯大美，岂能是我等凡世俗人随意接近的呢？换了另一种角度，再来看那漫山遍野的油菜花时，心里面也就释然多了。闭上眼睛，空旷的天野间，黄花铺满了高原的边边角角。微风吹过的柏油路上，驶向边境的国防公路，路两旁的杨树上也缀满了油菜的花香。路边的野草和荒漠里，正在张望着的一头牛，也加入了油菜花渲染着的，这个季节的沉醉里来。

我想，再也没有一条路，能够越过昭苏高原漫溢的草场和低缓的山坡，以及油菜花连天接地的金黄里，被这边地的风，一次次唤醒了。

草上夕光

那些黄昏，是怎样来临的呢？仿佛我们从来不曾经历过。一个黄昏的背影，横亘在日光和黑夜的高处，连同我们曾经有过的一些遥望，慢慢地，变得遥不可及了。此刻，在高天远地的另一些远方，我知道这些迟暮的光芒，正在将这些高处的草地，镀上了一层夕光里的绚烂。

如是，人影呢？在这里我没有办法找到，或者在我的视野之内，一个谦卑的人的身影，如此孤立和单薄。如同这浩茫的天色一样，形若草芥的人，在真正的草色面前，全都自惭形秽，销声匿迹了吗？

草在高处是安静的。即使像科克图拜这样一片名不见经传的高山草原，她的安宁和过于辽阔的寂静，确曾是在那一刻，让我忘记了身处何方。这是伊犁，昭苏高原上的边境之地，荒远和荒凉着的，是空旷无边的时间里，无人涉足的秀美河山。我想到了自己，在此一时刻的宽广福祉，竟是如此奢侈地将这无边无际的寂静和山地风光，尽入胸怀。我忘记了这个季节里，世界上还有哪一片肆意的山野，斑斓着的草场上，大地的边际这样清晰可见。

爬上了一座缓坡的山顶，我不得不离开狂欢乱叫的人群，向着一片寂静中的草地走去。或许，这萋萋芳草里，也正在经历着一些不为人知的争吵呢？我的脚步，就是在这样的时刻，踏入了一片慌乱中的草场。没有一条现成的路径，我的脚步在松软的草地上，找不到方向。其实，我又是一个何曾有过方向的人？我只是看见这些草，繁花拥抱着的一片草场，便毫无缘由地踏入进来。

不知道走出去了多远，突然我一下子害怕起来。我回头向山头上那一群依然在欢呼雀跃的人们张望过去，那一群人影在黄昏的夕光里，不知道是因为距离的原因还是我的眼睛出了问题，全都变得模糊和渺小了许多。那一处山坡上的欢声笑语，我只是听得影影绰绰。不由得怀疑自己，为什么我总是没有办法分享来自另一个世界的欢乐。

接下来，我独自脱离大部队的代价就来了。随着脚底下越来越松软的泥土，我的恐惧感，就像一条草里的虫子一样，顺着裤管爬进心窝里去了。我真的担心会在这野天荒地里遇上一条蛇，或者这草地深处的另一些生命。因为此时此地，我是一个堂而皇之的侵犯者呀，我将束手无策，茫然四顾里，连一声惊叫都无人理睬。

我停下来，耐着性子让自己平静了一小会儿。我的心跳还没有平息，就听见了草丛里的嘈杂之声，像一股潮水一样袭来了。我不会明白，这是一些草丛里的虫鸣还是那些微小的，在草丛里飞来飞去的翅膀。那些汇聚而来的嘈杂和声响，是那样势不可挡。仿佛，整个山坡上飞扬着的草的原野，正在缓慢地，席卷着不可遏制的力量，向着我，一起涌来了。

夕光微茫，天色高远，我的孤身草原里，危机四伏。我真的是一个冒险者吗？我的生命和遥远的记忆，并不属于这一片远在天边的草原。置身此处，我恍惚中看到的是那一片少年的村庄外面，在黄昏里摇曳着的庄稼地。大豆，高粱，密不透风的田野，齐腰深的麦地里，我的故乡如此渺茫。那些黄昏的背景里，行色匆匆的人们，他们肩上的锄头和黑亮的脊背上，可曾有过一次异乡的漂泊？

我总是羡慕那些，眷恋并厮守着故乡的人。多么遥远的荒漠，他们都能守候在故乡的身旁，年迈的房屋和迟暮的老人，是这些土地上永远也不用迁徙的旧物。只要黄昏里的树梢上，有过一声燕子的啼鸣，那些倦了的飞鸟，便会毫不费力地回到自家的屋檐下面。燕雀归来，瓦舍上的炊烟也就淡了。

低低的院墙里，熟悉的灯光开始编织一个夜晚的梦，或者另一些房檐下的窃窃私语。

　　我的撤退是慌不择路的，间或有一些狼狈的奔逃也未可知。当我重新回到山顶上的时候，人们早已经陆续散去，他们的欢聚结束了，三三两两地往山下走去。我重新站在一个人的山顶上，举目遥望，远处和更远处的草色里，一片温暖的起伏和跌宕。我看不见除了大片的草场之外的任何景物。那些蜿蜒而去的山，被这个黄昏里无垠的草场覆盖了。

　　遥看近却无吗？是的，我看不见一条河流和山谷的走向，我的眼睛里是一片又一片昏黄和绚烂的，草的原野。那夕光沿着巨大的山岭，所到之处，金黄和橘红里的绿色草原，全都是迷醉了的。大尺幅的美景，铺展在天地的一角。似乎，也只有天地的吻合，才能配得上这连天接地的一场恋爱。

　　谁说黄昏里没有明亮？那晚霞里的夕光，是何等的恢弘。一瞬间，只消了这一瞬间的遥望，大地山川，起伏的草原，黑暗扯去的这天边的一角，是万物的颂词，众生的祈祷！

荒芜的秋风

秋色渐渐浓了，暖阳和山坡上的风，也变得凝重了许多。河谷里的枝杈上，随风摇动的无数枚金币正哗哗作响，那是一些古老的胡杨树和一些上了年纪的老榆树们，向一个季节的深情告别。当然，那些散落在河谷里的原始次生林里，还有更多我叫不上名字的灌木和幼小的树苗，它们轻巧的叶片，也在不觉间染上了一抹秋日里的鹅黄，或者是一树羞答答的红，那样清浅的，不需要任何点缀的羞红，醉眼蒙眬。

所以你会看见这条河谷之上，大片的金黄色里，这个秋天里的红，是如此耀眼。哪怕是只有一棵树，它孤单地站在河畔和山坡上，同样高举着的，是一树醉人的火焰。火树银花，总是充满了梦幻的颜色，而这些真实的色彩，全都泼墨般晕染了一条深秋的河谷，该是何等的骇人心魄。那些杨树、桦树和更多隐姓埋名的树木们，汇集了一条色彩的河流，一条暖色调的，音乐般流淌的河流。你会看见这些秋天的列队如此肃穆，那些高坡、河流，悬崖和断壁上，山色微茫，秋草伏地，而树木们挺举着盛大的仪仗，色彩的缤纷下面，是万千片树叶们，最庄严的送别。

这是天山深处的另一条河谷。在乌鲁木齐和昌吉回族自治州的过度地带上，山丘连绵，树影摇曳，甚至我还无法真切地叫出这条山谷的名字。而千百年来，天山驳杂而无从记忆的万千河谷里，这样的景色又何曾休止过。人类畏手畏脚地踏进来，慌慌张张地看上几眼，以为是饱览了山色风光，饕餮般地聚会然后散去。那么机巧的贪婪和自我满足，该是多么的不可思议！我们都只不过是一些小小的过客，微不足道的一粒尘埃。我们活不过这里的一滴水，一块石头，一棵古老的树木上，那些艰难指向天空的枝条。什么是地老天荒？那些在时间的荒芜里无动于衷的万事万物，才是真正值得我们去景仰的呢。

我们不得不承认，大地在更多的时候是荒芜着的。所以人类的图景里才显得如此生动。去年的这个时候，我站在河谷的崖畔上向山里张望着，衰草起伏，树叶晃动，整整一条河谷里的风生水起，已经搅乱了我的心绪。我没有办法感知整个人类的大悲哀，但总是在这样的时候，会被内心里的小忧患翻涌着，一瞬间的洪荒，淹没了眼睛里迷乱的风景。

接下来，你会看见一些怎样的哀伤，在陈年的记忆里又一次泛起，在所有大的事物面前，我总是不自觉地退回到记忆的一角。不懂得这是对陌生世界的恐惧，还是对自我旧世界的沉迷和留恋，走到哪里，我都能发现自己恍若前世的遗迹。哪怕是远在异乡的奇异山水，我都能看见自己荒芜已久的前世今生。山水的奇缘，恍惚的人生，总是无法抵达的另一些终点，恰恰说明了，人这一生所能穷尽的事物是多么有限。

就譬如此刻的河水，总是一刻不停地喧哗着。可是我在相当长的时间里，竟然一点声音都没有听到，以为那些静止的水流，远在我梦一般的化境里呢。可是，当我将目光专注于河水的时候，那些水声竟是铺天盖地而来，轰轰的巨响，有了排山倒海之势。那么，在我的目光落在山上远处的时候，这些河水的声音哪里去了呢？我好生奇怪，我依然是站在这里的，哪里也没有去，我站在这里向远处眺望，山风掠过树梢上的秋色，浩浩荡荡地走了，我几乎没有被她的声音打搅呀。

可是，当我回过头来，无意中将目光落在河水里的时候，那些被水声和山谷搅动着的巨大声响，便不可遏制的袭来了。想想，似乎也不奇怪。这样惊天动地的一条河流，这样莽莽苍苍的一条河谷，这样盛装肃穆的秋色，如果不是这样响彻云霄的声音，倒反而是不合情理的了。

秋色肃穆，列阵以待。她在等待谁来检阅呢？或者毋宁说，这是一场盛大的祭奠。每一个季节，都有我们总是无法挽回的时光，被悄悄地溜走了。在西北中国，天山腹地的千山万壑间，春天，总是料峭的；而夏天的阳光也总是来得那样迟缓。似乎，只有到了秋天，这些季节里的生长和衰落才是恰如其分的。我看见过这个季节的河谷里，漫漶着的生命气息，也经历过天山漫长的夏日里，无法摆脱的困倦、疲惫和绝望的等待。是的，假如还有一些命运的焦灼和等待，这些漫长的夏日一定是绝望的。

秋天，是用来祭奠的。不是说黄叶飘零，在秋风的吹打中，渲染了一个季节的哀告。我是说，相较于接下来的漫长冬季，严寒逼迫的山谷里，秋天

是我们最后的一道屏障了。

而荒芜的秋风，并不能将我们所有的阴霾一次带走。那么多丰富的色彩，或许就将被一场漫天的大雪，倾覆或者寂灭。想一想雪天里的葬礼吧，大山无垠的雪国里，听不见一声来自秋风的呼号。即使这个季节还没有走远，我们也已经为她准备好了，一些过冬的棉衣和微薄的温暖。

瘠薄的寒意

纷纷攘攘的一场雪，还是如期而至了。拉开窗帘，窗外的雪地上已经堆积了厚厚的一层。我没有勇气推开这扇窗子，只是蜷缩在一盏灯光里，看这黑暗里的白，被一层层覆盖。恍若这个夜晚，我梦见的另一场雪，在一条遥远的路上，无始无终。

那是我故乡的一场雪呢。天色晚了，大雪便顺着一条村路，扑扑踏踏地落下来。最初的那几片雪，还是轻的，用手接了，放在嘴里用舌头一舔，淡淡的甜味儿里，一股涩涩的清凉在舌尖上融化了。夜长梦短，那时，大雪是等不到我的睡眠的。

我只是在寒冷里打着哆嗦，伸一伸脖子，无可奈何地望一眼天空，任那样一场早年的雪，在记忆里肆无忌惮地飞扬着。我还看见了东邻西舍的草屋上，慢慢地变成了雪国的世界，树枝、草垛、院墙，杂乱无章的小院里一层厚厚的积雪，似乎什么都没有了——人世间的所有饥馑、困厄、苦难和绝望的日月……在我的眼睛里，只剩下了这一场雪。

我一直在想，在我日渐遥远的乡村记忆里，少时村野的那一场场雪，短暂的欢愉和清贫里的闲适时光，谁能说那不是一些乡村的童话。

乡村的雪，并不一定会在你的注视下到来。多数时候会在一些夜晚，悄无声息地堆满了院子。早晨醒来的时候，你睁开眼睛，透过窗户上刺眼的明亮，就知道有一场大雪，在院子里等了你好久啦。

母亲总是第一个推开屋门，用手里的扫帚扑打着门前的雪，嘴里念叨着感恩上帝的话。母亲要扫出一条院子里的雪路，到灶屋里去生火做饭。这些寒冬的早晨，母亲醒来的比谁都要早，当炊烟从灶屋顶上的烟囱里弯曲盘旋的时候，母亲连连的咳嗽声也随之从灶屋传到堂屋里来。乡下冬天的早晨，

生冷生冷的，总是要被母亲哄着从被窝里钻出来，急急地穿上母亲在灶屋门口的火上烘烤的棉衣。

　　其实现在想想，那也只不过是母亲用来安慰我们起床的一种方法而已。你想想看，母亲把那在火上烤过的棉衣，一把握紧了揣在怀里，穿过院子里的雪地，紧赶慢赶地跑到堂屋里来，还会有多少剩余的热量呢？可母亲总是说，快趁热穿上，别让热气跑了。这个时候，我往往是一骨碌爬起来，光着小胳膊就伸进了棉衣里,热气还有多少不好说,勇气倒是一下子增加了不少。

不记得那些冬天里的母亲,会在怎样的一场大雪里,生火做饭,喂养一个家庭的温暖。她忙碌的身影,似乎一刻也不曾停下来。那个时候,母亲的身影是那样强大,仿佛永远都不会有疾病和衰老的纠缠,这和我在母亲的老年时见到的情形,是那样的格格不入。

除了早逝的父亲,我的少年记忆里只剩下了母亲宽大的衣襟,和她从雪地里匆匆揣回来的那一件棉衣了。还会有什么呢？一场雪,寒意瘠薄,往事里的那一些温暖,随着母亲的怆然离去,已经永远地回不来了。我想,我的生命里是需要这些温暖的,哪怕只剩下了记忆里的疼痛。

一个人远走他乡,寂然地面对自己的衰老,他才能够深切地体会故土般的温暖,是在怎样的仓促中一点点流逝的。一如我亡故的父母,多年不曾相见的坟头上,野草淹没了多少荒凉的回忆。

我是一个狠心的人吗？那一年,安葬了母亲的那个黄昏,我在她南山上和父亲合葬的坟前,当所有的人都下山之后,我一个人,额头触地,深深地磕了三个响头之后,我在心里就已经告诉自己：父母丧,家若何？我必须让自己快一点踏上继续飘游的远方！

是的,飘,是我这一生的宿命。多少年来,我没有办法让自己停下脚步,我的远方没有终点,只是遥望着故乡的那一根虚幻的线,若有若无,使我在多么远的地方,都能够找到回家的方向。而今天我才知道,我的这一根线,也已经在几年前就断了。那一条故乡之路,已没有了我回家的方向。

有如我回到了乌鲁木齐的这个夜晚,多少怀乡的思绪,少年的记忆,一去不复返的村野时光,全都随着一场雪,挥洒而去了吗？当然还会有一些关于温暖和寒冷的童年叙事,大雪是一道冬天的序幕,也是这些漫长的冬天里,最寂寞的风景。它埋藏的,不只是一个人童年的苦难,还会有他一生的挣扎中,不曾折断的关于故乡的梦境。

是呀,有哪一场雪,从我的睡梦中刚刚醒来。

宿客未眠过夜半

夜长梦短，空街毕亮。这是我欠着毕亮的一副字。那时，天气还没有像现在这样彻底地拉下脸来，就着一些秋日里的阳光，我们在南疆的小城里开着一个会。秋光暖阳，悠闲度日，就会滋生这样一些不眠的夜晚。忽一夜半醒来，辗转着，不忍起身。至窗前，撩起一角帷幔，但见空街，灯光照了长路，竟夜空阔，便想起了贾岛的这一句：宿客未眠过夜半。

回到床上，便在手机里写下了本文开头的那八个字。我刚刚学会在手机上玩微博，还是在毕亮老师的指导下入门的呢。诌上两句，以示谢意吧。不想毕亮认真，硬是要我在宣纸上写了，方才结案。哪堪无凭之空口，便应了毕亮这虚着的一招。会毕数月余，想来该是还账的日子了。

如是，在乌鲁木齐的一场大雪里，想想秋天里的那个小城，天山以南的荒漠和平原上，草木春秋，恍若隔世了。那几日的会上，有时我真的是忙乱呢。当然我也知道，在另一些人的眼里，这样的慌里慌张，是毫无意义的。因为他恨不得我离开得更远一些，可是我没有走开，满脸真诚而谦逊地端坐在那里，想来也是心满意足了的。我顾不了别人的脸色，也就不会在意了人家绞尽了脑汁的盘算，一次次侥幸地躲过去了。事后想想，一个道貌岸然的人，却硬要装出君子的神态，是很容易走样的。

所幸我是懵懂的。便在那大人脸上的阴晴圆缺里，胡吃海喝地快乐着。哪知那大人的脸色更是看不得了。抱歉！大人，我真的没有领悟您的脸色。谁让我没有仰起脸来看您呢？知道您身体不好，盖因一辈子"才华横流"，全都"谋人算事"了。鲜有廉耻的事，您一本正经地坐在那里，滔滔复滔滔，引以为成功之道。我等不才，但多少还是有些不屑。您斗争了一辈子啦，"满腹惊论"，惜时不我待，韶华易逝，奈何了这一场春秋的大梦。

又所幸，我是开过小差的。有过一个下午，在小城一位朋友的帮助下，我逃离了那个唾沫乱飞的会场，去了一趟秋天里的梨园。惬意的是，我来到梨园，并不是要摘梨子的，所以满园的梨树上，有没有梨子也没有关系，谁让咱错过了采摘的季节呢。

可是话又说回来，偌大的梨园，要找几个梨子还不是一件太难的事。我只顾得忙着梨树间的荫凉了，一排排梨树的枝杈横生，刚刚没过了我的头顶，太阳便从那枝杈的缝隙里，大片大片地漏下来，斑驳着时光的感叹，也让我的思绪翻飞，一忽儿不知跑到哪里去了。我还没有回过神来，引我入园的那个家伙，嗖的一声蹿到树上去了，他像猴子一样蹿到了一棵梨树的树顶上，大呼小叫地将那树顶上的一窝梨子，雨点般地砸了下来。我慌着，兴奋地接应不济，梨子纷纷落到了地上。好在，梨园的地上也是暄软的，掉在地上的梨子也无大碍。

我的两只手已忙不过来，便索性一屁股坐在地上吃起来了。那"猴子"从树上跳下来，嗔怒着笑我：吃相比长相还要难看呀！我一时腾不出嘴来，也便顾不上"猴子"的嘲笑，一口气吃了几个梨子呢？忘记数了，也忘记了自己的糖尿病。一转眼，"猴子"又爬上了另一棵梨树。看他晃晃悠悠地弯曲着身子，往一枝树梢上艰难地挪移，我这才顾得上安慰他，擦了擦嘴说：伙计，小心点，别把树枝折断了！

那"猴子"一听便来了气，上气不接下气地喘着说，你倒是关心树呢，还是关心人？我回道，看你说的，那树枝断了，你还能待得住吗？还不是一股脑儿地摔下来！这叫一损俱损，你知道吗？那"猴子"一听这话，气得在树上直摇头。

只是，看着他折腾下来的一堆梨子，我不禁替他发愁起来。禁不住脱口而出，"猴总"，这么多梨子得多少钱呀？那"猴子"半天没有反应过来，似乎不知道"猴总"是哪一位？

我说，叫你呢！

"猴子"扑哧笑了，谁是猴子？忙活了半天，原来被你当猴耍了。我笑着说，看你爬树的样子，比猴子还利索。"猴子"未置可否，算是默认了吧。他拍了拍手，指着树下的一堆梨子说，吃呀，不吃白不吃。见我无动于衷，又说，实话给你说吧，这些梨子都是梨农不要的。我疑惑地问，为什么？"猴子"说现在梨子价格低，卖不上好价钱，摘下来的梨子，还不够梨农雇人的工钱，所以很多人宁愿梨子烂在树上，也不愿意去赔钱摘下来。

我的胃里一阵翻滚，刚刚吃进去的梨子开始反胃了。我抬起头来往梨园的深处望去，一树树梨子在太阳的反光里摇摇欲坠。"猴子"蹲在地上，往自己的包里装着梨子，我却不知道在这个时候该干些什么。

不知道是梨子吃多了的缘故，还是受了乡野的风寒，整整一个下午，肠胃里翻江倒海，直至深夜。想来我是睡了一觉的。可是，我是入睡的，又是怎么醒来的呢？全然像一场刚刚做过的梦，不记得了。而小城寥落的灯火，已让我的碎梦，无从捡起了。

是啊，总有一些夜晚，是不属于睡眠的。

今夜应如是。

大雪围城

我渴望着一场雪，将这混沌的世界来一次覆盖。一直以来，这一场铺天盖地的雪，是在我的记忆里，还是长夜的梦中，飘舞着呢？我终是知道，这些梦一样的大雪飞舞，静寂无声的荒野上，是无法被一个人，用他全部的生活，或者回忆，能够挽留的。

一些算不上久远的早晨，我推门而出，大雪围拢着灶房里的火焰，青烟从一些低矮的房顶上缓慢地升上了天空。彼时，天空也是低矮的。而这样的雪天里，乡村的温度，如此卑微，却又无处不在。能够想到的是一些麻雀，赶在一片被脚步踏过的雪地上，争抢着一些貌似粮食的颗粒。没有人注意到一群麻雀的命运，在这样的严冬下面，寒冷逼退了比温饱更为琐碎的事物。

另一些时光里的雪，是漫漶无边的新疆，更准确地说，是这个被称之为乌鲁木齐的城市。如果说故乡是一次逃离，那么，这么多年来我寄居的新疆，就应该是我命运中无法挣脱的远方了。有多少场远乡的大雪在记忆里飘落，就应该有多少次憧憬，那雪一样清寂的梦想，年复一年，周而复始，直至这些远方的雪，彻底地掩埋了一条回乡的路。只留下了荡然无存的青春，衰老的容颜里残破的乡音，那些不曾休止的雪呀，在异乡的天空下，是如此酣畅。

想一想整个八十年代，或者九十年代里，青春混沌的雪，连同那个年代的寒冬，在往事里雪藏了。却有一个夜晚，让我的回忆无处躲藏。那是六弟一个人，跟随着回家探亲的老乡，来到了新疆。他只是想当然的要来新疆当兵，以为这样就可以改变他困守于乡间的命运，并且，他还以为，这件事情对于在新疆混了多年的我来说，小菜一碟。而我，也只能默认了他强加给我的这些远超出个人能力的信任。在那样的年代里，当然也不能排除自己骨子里根深蒂固的虚荣心在作祟。我决定帮助六弟实现他当兵的梦想，也借以舒展一下自己的雄心和抱负。

其时，当年度的新兵入伍早已经结束了。接下来的那个冬天里，六弟只能委身于部队大院的锅炉房，做了一名锅炉工。我有时候会去他工作的地方看看他，只见他穿着一件脏兮兮的军用棉衣，戴着一副看不见颜色的手套，从锅炉房外面的煤堆上，用小推车往锅炉房里运煤。或许，对于从小在家里干过农活的六弟来说，这些运煤铲煤的活儿，根本算不上什么吧。可是我仍然掩不住心里的酸楚。我知道，对于命运多舛的六弟来说，所有这一切，都是我不能替代他完成的。

没有想到的是，有一天我正在上班，电话就打过来了，说六弟在锅炉房里跟人打架，把对方的胳膊打断了。我赶紧放下电话往医院里跑，见到的是一个身高和年龄都大于六弟的青年人，一只胳膊上挎着绷带，脸上还有煤灰抹擦过的痕迹。我表示了歉意，并问他伤得重吗？那一脸煤灰的青年人哭丧着脸，说你弟弟下手太重了，挥着铁锹往我胳膊上砍的，就是往死里整嘛！我连忙安慰，并替他垫了医疗费。

我又往锅炉房里去找六弟，本意是要好好教训一顿的。但见他像一个没事人一样，挥锹铲煤。其他的人见我来，也纷纷上前告知，说这事压根怨不得你弟弟，那个家伙欺人太甚，好几个在这里干活的人都被他欺负了。他见你弟弟新来的，觉得好欺负，谁知道你弟弟挥起铁锹就是几下子，结果他一点脾气也没有了。我说，不管怎样，打架总是不对的，把人打伤了更不应该。六弟见我来了，一定看到了我脸上铁青的颜色，便惭愧地低下了头。我也不好当着众人的面训斥他。不过，我还是忍不住地问道，你自己伤着没有？他也不抬头，只是轻描淡写地回了我两个字：没事！

接下来，整个冬天相安无事。

天气暖和了，锅炉房里没有活了，他到一个建筑工地上当小工，又和包工头不知道什么原因发生了冲突。包公头老范原来和我认识，他找到家里来，说，你还是把你弟弟弄回来吧，别伤了我们多年的交情。后来的事情怎么处理的，我现在一点都想不起来了。我知道六弟的脾性，也还年轻，性情乖张的他，在融入社会的过程中，是要经历些困难和曲折的。

  不管怎样，总算熬过了一年。到了下一年征兵的时候，我把自己能够找到的人都找了，调动了自己十几年来，在这个城市里的所有资源，可以说倾尽全力完成了他的当兵梦。体检、政审，一关又一关，都是我带着他，在这些陌生人之间来回穿梭。

  终于等来了入伍的那一天。异乡入伍的六弟，被安排到卡子湾的一个地方单位入伍。开始集结的时候，那些本乡本土的子弟兵们，被众多亲人簇拥着，眼泪、嘱托、握手和拥抱。我和六弟都在有意回避着这一切，也都刻意回避着即将开始的新生活。我忘记了自己是否嘱咐过他到部队上的一些注意事项了没有。等到他上车了，回过头来在人群里寻找着我的时候，我看见了他眼

睛里的孤单和无助，或许还有一些无所适从的惶恐。而此刻，我内心里则满是凄苦。我自己，已经是一个离乡背井的人了，而我又要一个人在这个陌生的乡野里，送六弟踏上更遥远的异乡。后来的六弟，竟然在服役期间走得更远，他在一次意外中去了更遥远的天国。这些决然的伤痛，当然是后话了。

没有等载着六弟他们一车新兵的车子走远，我已经转身了。大概是下午六七点的样子，天空里开始飘洒着零星的雪花。我没有遇见车，也不打算坐车回去。我想天色还早，一个人就这样走着回去吧。雪，是在什么时候大起来的呢？我竟全然不觉。我只是走着，眼看着天色暗淡下来，大雪纷然，回家的路依然那么遥远。我开始后悔自己当初的决定，可是后悔已经来不及了。

我走的是一条乡间小路，没有车，也没有人影。我必须这样走，在雪地上漫漶开来的黑暗中，早已经忘掉了下午目送六弟时的沮丧和落寞。我没有让自己流下眼泪，我想六弟也没有。我们都没有让对方看见彼此分别时的眼泪。我想到的，除了自己的命运，还有六弟上车时无助和惶恐的眼神。我想说，人世一遭，有许多事情，是需要你自己去面对和承担的。大雪在我脚下，发出咔嚓咔嚓的声响，我的头顶上，肩膀上甚至脖子里，堆积着这个夜晚里纷纷到来的雪。

好大的一场雪，我一时半会儿还必须行走在路上。我在想，在这漫无边际的夜晚里，真的是没有比一场雪，更适合我此时此刻的心境了。用了多长的时间，我从一场郊外的大雪里，走回到了城里的家？我用了足够多的时间和黑暗，在一场大雪中，来消化自己内心的一场别离。

只是，六弟在那场大雪里走了太远的路，他再也无法回到我贫寒的生活里来了。想想也只是一场梦，大雪围城的那个夜晚里，如果他没有走，我没有去，该有多好。

今年的冬天，一连下了几场雪，乌鲁木齐的寒冬似乎才真正到来。我在这个城市里生活了将近三十年，寒暑交替，人事纷繁，我已经将自己无法寄还的故乡，交付给了另一些无限的远方。只是不知道那些时光里的旧物，是否和我一样，认得了一条回家的路。

旧瓦上的霜迹

今夜有雪，持续着，犹如荒弃的原野上，万籁俱寂。偶有一盏昏然的灯光给照着，那雪的清白里，便多了些暧昧的颜色。灯光总是照不远的，更多的黑暗里，雪，一刻也没有停留过。夜已经深了。我在一条雪路上迟迟疑疑，是因为这样清寂和无声的世界里，我多么愿意沉浸其中，俨然未曾涉入过的一场梦，或者稍纵即逝的另一些回忆，慢一点，再慢一点醒来吧。

雪落无声。以往我也总是怀疑过的，怎么会没有一点儿声音呢？是的，这个夜晚的雪，是静寂的。偌大的园子里，浑然的天空下面，只有雪，斜斜地飘落下来，没有发出一点儿声响。树枝和那些匍匐在地上的灌木们，也在这一刻进入了睡眠。座椅上，春夏里人们小憩的石凳上，堆积和正在堆积着的厚厚的雪，像一些被裁减了的白色海绵，在一粒粒、一片片地堆砌、长高。

夜色和梦境总是如此吻合。一些雪，剔除了寒冷和暗夜里的黑，成就了一些温暖的梦想。这园子在往日里，即使在寒冬，也不缺了行人的身影。而此刻的雪，却是漫天寒彻。夜色里，我多么像一个人孤军深入，四野中，无声的黑暗和微弱的灯光，完全是我需要的那一种若即若离的混沌和明亮。

我知道，这弥天的雪，足以掩埋一个外乡人孤单的脚步。我也总是在这样的时刻，想到一些漫无边际的人和事，诸如故乡、旧人，少年的时光里，挤挤挨挨的房舍和往事，一面山坡上，被大雪阻断的乡路，还有那些几十年来在记忆里不曾移动和改变的村庄的模样。

那天与大哥通话，他无意中的一句问话，让我唏嘘了好久。他说，母亲去世五年了，你什么时候回家来呀？我连忙应着。五年了，我竟然再也没有回去过。大哥的意思是，父母都不在了，你们这些人就不回来了吗？

内心惶然而凄楚着，这么些年，不知道是故乡遗弃了我，还是我自己把

故乡给弄丢了。一条回家的路，变得如此迢遥。我还不知道的是，父母的坟头上是否荒草萋萋？那条上山的小路上，满是碎石和荆棘，曾经一次次硌破了我童年的光脚板。最后一次踏上这条碎石和荆棘的山路，是为母亲送葬的那个夏天。雨一直在下，滂沱不止，淹没了我的悲伤也淹没了我的眼泪，我的眼睛里，看不清早已经模糊的村庄，铺天盖地的伤恸，也使我无暇四下里张望。

　　其实，我已经好久好久，没有踏上过这个幼年的村庄了。最后一次为母亲赤脚，光着脚板，在泥水里，一步步回首和长跪不起，在这个村庄里走过，我觉得这一条我曾经无数次走过的村庄小路，竟是如此漫长。是伤悲延缓了村庄的长度，还是几十年的异乡里，我已经无法用自己过于荒芜的脚步来丈量这个村庄的距离？

　　似乎，这是最后的送别了。我感动的是，在为母亲举行葬礼的那些天里，除了悲痛之外，多年不曾谋面的乡邻们，也大多在雨水里圪蹴着，完成了母亲在这个古老乡村的祭奠。这也是母亲留在世界最后的仪式了。似乎这一切的圆满，都是为了让她安详的离去。她没有了声音，身体也失去了体温，最后的这一程，她走得竟是如此缓慢。

甚至直到今天，我仍然无法把南山上那一丛荒草里的坟茔，同晚年的母亲联系起来。即使年迈的母亲，体弱多病，她依然不需要别人的搀扶。她佝偻着身体，艰难地在村子里走动着，拒绝了所有要她去城里或者镇子上生活的安排。她如此深切地眷恋着这个她厮守了一生的村庄，即使孩子们全都离开了这里，家里只剩下了一座空空的宅院。母亲也依然坚守着。她舍不得离去的缘由，竟然是怕哪一天孩子们回来了，找不到了娘的身影。她苦苦地守着，哪一天，在村头出现的一个身影，重重地喊一声娘，她苍老的白发，在晚风里飘散着，急急切切地往家里走去。

曾几何时，没有母亲的日子是不可想象的。在我记忆中，父亲早逝后，总是母亲的身影，支撑着这个风雨飘摇的家，一次次使这个家，免于灭顶之灾。那些灾荒、饥饿和病痛的折磨，都没有使母亲倒下去。我难以想象，母亲是在怎样的困境里，支撑着一个七口之家的生活和希望。那些记忆里飞扬着的快乐和生长，现在想来，竟然没有些许的缺失。那一片完整的天空下，是母亲宽大的衣襟和她慢慢苍老下来的容颜吗？

我也曾经以为，母亲活着，故乡就不会走远，她会一直在那里等着你回家。便有意无意地忘记了这一条路，给自己找出一个个理由，任由母亲的思念，在她日渐枯萎的岁月里，荒芜下去。

可是，这一天真的就到来了。母亲的离去，真的是带走了我对那一片故土的守望。院子空了，无人看守的银杏树，那些夏天里的荫凉，冬日里的雪地上母亲的脚步声，已是一幅幅旧日的影像了。

这几年来，每每被故乡和亲人们问及，你什么时候回来看看呀？我总是在心里嘀咕，我该回哪里去呢，那个少小离去的村庄，还会有几人能识得你旧时的模样？除了徒然的伤悲，我想象不到母亲空下的那座小院里，该会是一番怎样的情景。又会有多少时光里的空白，老屋残破的旧瓦上，已旧迹不存。多少四季的漂流，我回过身来的时候，母亲空守着的村庄，已经模糊一片。

我多么希望这是一场故乡的雪，寒彻里有一丝冰冷和清凉，在我的骨髓里穿行。我需要这一丝冰冷和清凉，来面对一场雪，一个夜晚的温暖记忆。

纵然今夜里万水千山，时光阻隔，旧瓦的霜迹里平添了新雪，我也只是遇见了一个夜晚里，徘徊在他乡的故人。

他乡若梦处

在网上看到，某某地方又有人冻死了。他是在哪里冻死的呢？是在一个城市的大楼下冻死的。是呀，耸入云天的高楼里，无法接受一个低矮的流浪者。他蜷缩在大楼拐角的避风处，是在一场睡梦中被冻死的吗？如果是这样，他的梦中，是否可以有一些温暖的火焰？

这些年里，总是听到城市里无家可归的人，在车站、广场，在繁华靡丽的灯红酒绿之处，有人被冻死了——或年老体衰，或疯癫痴傻，总是一些穷途末路的人。

有一年，在我上班的路上，一户人家的阳台底下，出现过一位不速之客。每天早晨我路过的时候，他还没有起床，厚厚的脏脏的不知道是怎么连缀在一起的姑且叫"被子"的东西，严严实实地裹着自己的身体，头底下是一个长长的旅行袋。应该还有其他的行李吧，被他用身体挡着，在靠近墙的那一面。第一次，遇见这么一个在大冬天里卧眠的人，深为他的处境感到凄凉。想他身边的夜色早已经褪尽，马路上车水马龙，近在咫尺的积雪，他还能够安然入梦吗？或者说，他是不是早已经醒来了，此刻，他只是一个躲在自己的被窝里的幻梦者吧。

往往，到了中午下班的时候，该往回走了。那个阳台底下的睡眠者，才刚刚醒来。他醒来后并不急于起床，只是披着衣服，定定地坐在被窝里，出神。我这才看见，他长发披肩，头发上的油腻还是污浊，使得那一头长发里，多了些坚硬的光泽。他是一个中年人，还是流浪的青年？甚至，我会在那么一刻里，以为这是一个执著于艺术梦想的行为青年。

差不多一个冬天，我几乎会在光明路和建设路交叉路口的一栋旧楼下面，那悬空于地面的阳台底下，与这个无言的沉默者，更准确地说，是和他的睡

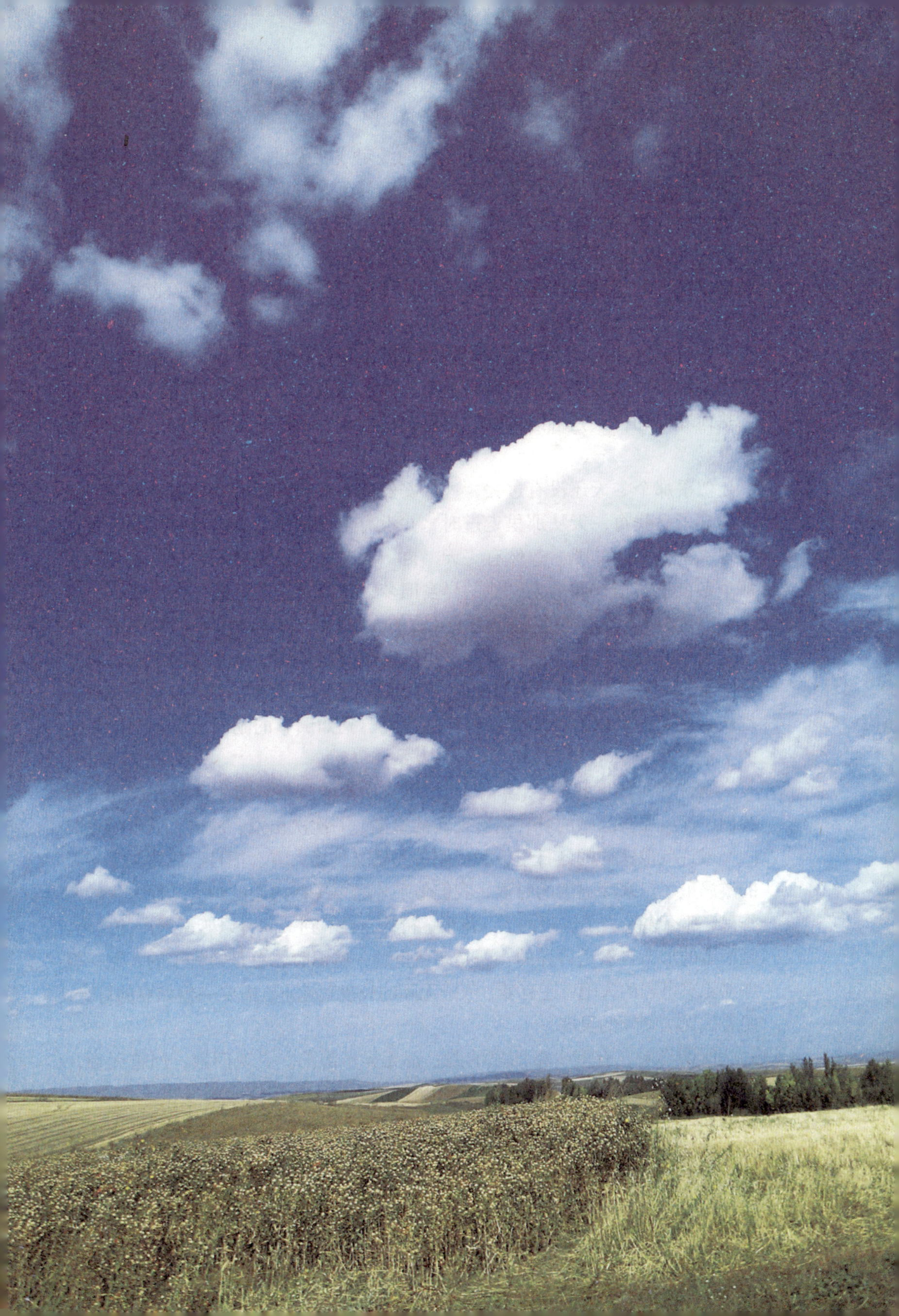

眠和痴痴地凝望相遇。你可以想象他的淡定或者无助，但是你却无法确切地知道，在这些漫长的寒夜里，他是什么时候到来并安然入梦的。他全部的生活讯息对你来说，是一个巨大的谜团。他可能是一个什么样的人，除了我们上面的假设，他还可能会是一个精神病患者？一个网上被通缉的逃犯？一个被爱情抛弃的情种？所有这一切无谓的猜忌，面对这样一个在深夜里潜伏的睡眠者，我们都无法求证。

曾经有过冲动，想过去和他搭讪来着，还没有走近，就看见他目光里冰冷的眼神，比这个严冬里的城市还要冰冷。我退缩了，放弃了自己一时兴起的热血和冲动，只是继续像一个事不关己的人，从那个呆坐着的人跟前匆匆走过。

似乎那个冬天还没有过去，这个安然的睡眠和痴情的张望者，就再也没有出现了。我每一天从那里走过时，并没有觉得缺少什么，或许觉得，他的出现本来是多余的吧。忽然有一天，再一次路过这个路口的时候，我想起了那个冬夜里露宿在此的人，他的异乡旧梦，曾经在这间低矮的阳台下面，像一团虚妄的火焰，温暖着一个魂不守舍的人呢。

到了像我这样的年龄，白日里是没有时间做梦了，可是夜晚呢，一场梦接续着另一场梦，终是不可避免的。尽管有人说过，太多的梦，会影响睡眠，也伤害健康，且以为，那么多有梦的夜晚，犹如倒影的湖面，终不至于人生的干枯。

有许多时候，我们会陷入到回忆里去而不能自拔。但生活往往又逼迫着我们，远离那些缥缈的梦，朝着现实的壁垒，一次次出发，撞击，或者折返。

或许就像这样的冬日里，我们跟着一场又一场大雪，把自己放置到了冬天的漩涡里了。寒冷逼近的时候，我们似乎才需要一些内心的炉火。而人生的四季里，那么多失去了温暖的人，流浪、祈祷，寻不到一间可以躲避寒冷的屋檐。流浪者的形态自然是各异的，但是寒冬里的一些温暖，总是缺失了的。想一想那些无家可归的人吧，还有梦，茫茫无际的长夜荒途上，需要一盏如豆的灯光，照着，无法安顿的灵魂。

所谓异乡，有多少条回家的路，都无异于漂泊。灵魂四散，回首无望，安然或者徒然的一场旧梦，才是断肠天涯的人，无所归依的避难处。

一树麻雀

　　窗户外面，是一棵盘根错节的榆树，年纪应该和这栋楼房差不多了吧。虽然榆树叶子早已经落的差不多了，但细密的枝条上，仍能够看见它夏日里"枝繁叶茂"的葱茏气象。入冬的乌鲁木齐，连着几场大雪，天地间的寂然，也使得这些萧索的枝叶间，多了些素洁和清爽。

　　起初，凝望着窗台上厚厚的积雪，看那树枝在一场纷扬的大雪里寂然地站立着，多少会有一些凄然。而有时候，一场浑然天地间的大雪，也会使这个季节里的寂静，变得如此美丽。我总是想，此时此刻的天地之间，雪片飞扬，有如一场无边无际的梦，只要是大雪不止，这一场梦，就不会自己醒来。我还在睡梦中，大雪已经醒了。满满一院子的雪，终究只是一场飘落，除了一些穿街走院的风，在雪地上停留过一刻，万物的肃静，正是这样的严冬季节里，最惯常的表情。

　　麻雀是什么时候出现的呢？这么多年来，我习惯于春夏里的黎明，被一些叽叽喳喳的麻雀叫醒。麻雀的"吵闹"和"喧嚣"里，那样微小的嘈杂，远远近近地传过来，哪怕是一些乡间的旧闻，于我，也是亲切和熟知的。到冬天若这样的大雪天里，麻雀会到哪里去呢？我原来以为，这些城市里的麻雀，会在冬天里回到乡下或者山里去了。因为城市冰冷的雪地上，没有足够的粮食来养活这些家族庞大的"鸟群"。

　　麻雀无意间闯入了我的视线，是一只还是两只，或者更多的麻雀躲在我视线不及的树枝间。它们蹦蹦跳跳地在一些树梢上，嘴里面发出我永远也听不懂的"鸟语"。偶尔，会有一两只麻雀飞到我窗前的这棵榆树上来，待不上一会儿，便又扑棱一下子飞到别处去了。有那么一阵子，足有上百只麻雀，在一棵又一棵枯干的树梢上集团式的冲刺，轰的一声密麻麻地飞来，又轰然一声飞去，真的像一团乱麻，或者是山水里的写意，一些泼墨，皴染着雪后的天空。

我看得出奇，心里纳闷，心想这么多麻雀，是从哪里飞来的呢？但有一个常识告诉我，这些冬日里的麻雀，一定也是饿极了，它们腹中空空，雀跃于楼房和树梢之间。想到这里，我赶忙到厨房里，抓了几把小米，放在一个鞋盒子里，想放到窗户外面的窗台上去，转念又想，那么多饥饿的麻雀，这小小的鞋盒子，怕是容不下呢。

我打开窗子，拂去窗台上厚厚的积雪，把小米均匀地撒在窗台上。阳光照在雪地上有些刺眼，可是这些明亮的阳光照在窗台上，那些平淡无奇的小米呀，在此一刻，全都闪放着黄金的光泽。这才是粮食的光泽呢。

就在我打开窗子，清扫窗台，撒上小米的这一会儿，麻雀们早已经一哄而散，不知道飞到哪里去了。我并不担心，相信这些小米的光芒，一定会将那些麻雀的翅膀，招引回来的。可是，我静静地等着，等着，麻雀们踪影全无，仿佛这些金黄的小米上涂满了毒药，仿佛这些小米，成了一个冬天的咒语，麻雀们避之唯恐不及吗？

时间不知过去了多久，我已经忘记了窗台前的等待，转身去做别的了。是什么时候呀？我猛然间抬头看见了窗外的那棵榆树梢子上，蹦蹦跳跳着两只胆怯的麻雀。我一下子呆住了，那两只麻雀并不是因为胆怯，它们不时地往窗台上眺望，远远地，另一棵高大的树梢上，聚集着一群大规模的麻雀。原来，这两只是麻雀军团的侦察兵。

不知道这两只麻雀侦察兵，在我窗台前的榆树上侦察了多久，它们始终不肯飞到我的窗台上来，这让我多少有些失望。又过了好长时间，才有麻雀陆续从远处的高树上飞来，它们先是小规模的聚集，然后是小分队似的往窗台上跳，站在防护栏的铁栅栏上，近距离地观察。我想，小米金黄的成色，在这漫野的雪天里还是一道挡不住的诱惑。小规模的麻雀们尝试着来到窗台上，小米的黄色里，第一次迎来了客人的光临。

麻雀们终是胆怯，三三两两，急急地叨上几口，又旋即飞去了。虽然高树上不断有麻雀飞来，但是，麻雀的大部队，始终粘在那高高的树枝上，不肯挪动。

慌乱中，我又犯下了一个严重的错误。为了要隔着玻璃看清窗台上的麻雀，我慢慢地拉开窗帘，把脑袋贴在了玻璃上。这一下子肯定是把麻雀吓坏了。当我巨大无比的脑袋的黑影，无声地贴上玻璃的时候，像一个巨大的幻影，

警觉中的麻雀,又轰的一声飞走了。其后,整整一个上午,麻雀们再也没有光顾过我撒满了小米的窗台。

　　无奈中,我放弃了坚守,甚至去睡了一个午觉。一觉醒来,窗外光亮变得更加浑厚了,那是一些午后的阳光,厚厚的雪地上,多了些浑浊的光亮。或许,是这些麻雀终没有放弃这些窗台上的小米,又有三五只麻雀,在我窗外的榆树上跳跃了。我这次没有惊慌,保持着原地不动的姿势,尽量不让自己的大动作,影响了麻雀们的判断。一些勇敢的麻雀,或者是上午尝到了甜头的麻雀们,率先飞临窗台,开始了美餐。更多的麻雀接踵而至,黑压压一片,一时间,窗台上犹如雨点般响起细碎的叨食声。

　　我慢慢站起身来,看见了一群混乱中的觅食者。但我发现,就在这一场混战在我的窗台上发生的时候,还是有一两只麻雀,在对面的高树上不肯下来。紧挨着窗台的榆树上,也有一两只麻雀在东张西望。这些留在树梢上的麻雀,是因为胆怯吗?或许还会有另外的可能,这是麻雀军团们,留在树梢上的两处岗哨吧。

　　接下来,我还发现,就是窗台上的这些抢食者们,也是不断地有麻雀埋头叨上一阵子,赶快又转身飞到护栏上来,另一些护栏上的麻雀又加入到窗台上的小米混战。这仿佛也是在轮班作业,鲜有不自觉的麻雀,一直在叨食,没有转身去值班的。

　　楼下不停地有人从窗下经过,麻雀们便不得不一次次地飞离窗台,重新回到树上去。有一个老人,她一定是以为麻雀在偷食吧,在她从我的窗台前经过的时候,朝着麻雀挥了一下手,似乎嘴里还念叨了一句什么,麻雀们腾空而起,四散而去。

　　被驱赶的麻雀飞走了。它们这一次没有来得及在树上集结,慌乱中飞出了我的视线。

后 记

翻过年头，我在新疆的生活就已经三十年了。

三十年的时间，世界发生了怎样的变化？在这个不可逆转的过程中，我自己，也已经变成了一个彻头彻尾的新疆人。虽然乡音未改，鬓发斑白，我知道这一生，自己的命运是再也无法和新疆分开了。

想想这些年来，新疆给予我的教诲，我知道以这本薄薄的小书是无以回报的。

我只是用了自己的脚步，在新疆浩瀚的山水和荒漠间穿行，流连，往返，一次次迎来心灵的沐浴。荒僻的小城、遥远的边地，那些世界上无法被再一次抵达的远方，成就了我在今天所能完成的关于新疆的叙说。

我写的足够慢，但今天看来，依然还是显得仓促了。我想，随着乌鲁木齐这个冬天的大雪纷飞，我的这本小书，也到了该画上句号的时候了。

流沙无言，时光有痕。

感谢千百年来不曾改变的荒凉、缓慢和遥不可及；感谢那些永远在路上的风景，神谕般的黎明和黑夜。

感谢新疆，无尽的荒途上，若我这般漫无边际的游荡者。